落第賢者の
学院無双
～二度転生した最強賢者、
400年後の世界を魔剣で無双～
2

「じゃろ？　じゃっろー!?　我ってば可愛いじゃろー？」
「わー凄いなー凄いなー可愛いなーっ！（良し、ごまかせた）」
エフタル
400年後の世界に二度目の転生をした姿。今世でも魔導の頂を目指す志は変わっておらず、魔法学院にて魔術の研究を進める。
サーシャ
400年前のエフタルの師匠。元は人間だが、屍霊術を使い真祖の吸血鬼となった。可愛さを追求し続けており、圧倒的な美貌の持ち主だが……？

落第賢者の学院無双2

～二度転生した最強賢者、400年後の世界を魔剣で無双～

白石 新

角川スニーカー文庫

22019

口絵・本文イラスト：魚デニム
口絵・本文デザイン：阿閉高尚（atd）

Contents

プロローグ

お昼休みの魔法学院。

外の屋台で昼食を買った僕は、ベンチでローストビーフサンドイッチを頬張《ほおば》っていた。

うん、やっぱり屋台の食事は美味《おい》しいなと思っていると、クラスメイトのマリアが僕の横に座ってきた。

このツインテールの金髪娘はエルフの留学生の女の子だ。

顔は可愛《かわい》いし、身長も小さくて百四十センチちょっと。それでとにかく目つきがキツイ。

ただ、かなり優秀な学生で僕と同じ一年次としての成績はトップクラスみたいだね。

まあ、性格が周囲に対して攻撃的なのでクラスの中では孤高って感じの存在だね。

「ねえ、そこの人間？　アンタさ、翡翠《ヒスイ》大勲章って言葉を知ってるかしら？」

ファサリとツインテールの片方の髪を右手でかきあげ、マリアはこれでもかと薄い胸を張った。

「翡翠大勲章？　何のこと？」

「魔術学生にして稀有《けう》なる功績を上げた者、この魔法学院で年間に数人にしか与えられない栄誉ある勲章よ」

「へー、そうなんだ」

と、そこでマリアは立ち上がり、僕の眼前で仁王立ちを決める。

「アンタっ！　私に付き従いなさいっ！」

「……え？」

動揺する僕に対し、有無を言わせないという雰囲気で言葉を続けた。

「アンタは見込みがあるわ。それにタダとは言わない、私に従えば……必ず私がアンタを一緒に連れて行ってあげるから」

「連れて行くってどこに？」

「学生魔術師としての栄誉――翡翠の領域よ。まあ、今後は私をリーダーとしたクラス代表の一員として、せいぜい私の役に立つことね」

ぶっちゃけ、普通なら突然何を言い出すんだこの娘はと思うところなんだろう。

けど、僕には心当たりがあるのだ。と、いうのもこの前のことなんだけど――

偉そうなエルフに絡まれたという話

「ちょっとアンタ？」

そんなことをマリアが言ってきたのは、ある日の放課後の教室でのことだった。

「ん？　何？」

「この前、基礎火魔法のテストがあったわよね？」

「ああ、一昨日《おととい》の試験？」

「そう、それよ。あの試験の点数発表は明日。だから、私と勝負しなさい」

「え？　勝負？　何で？」

「アンタは私の観察対象に入ってるの。転校早々に数々の意味不明な事件を巻き起こして、注目するなというほうが無茶《むちゃ》なんだからね。エイブが学校から消えたのもアンタの仕業と私は踏んでいるわ」

ヴィシッと薄い胸を張りながら、マリアは僕を指さした。

どうやら勘がいいみたいだね。実際にエイブが学院から消えたのは僕の仕業だし。

「いや、でも観察って？」

「ともかく明日は勝負よ。アンタに本当にクラス代表としての器があるか否《いな》か、私が直々に測ってあげるって言ってるんだから感謝なさい。もしも本当に実力があるなら、これから一緒にクラス対抗戦で戦う仲間でもある訳だしね」

確か、僕は魔法剣士としてクラス代表に選ばれてしまっていたんだっけ。

「ところでマリア？」

「ん？　何？」

「……前から思っていたけど、どこかで会ったことあったっけ？」

僕が尋ねると、マリアは「はてな」と首を傾《かし》げた。

「私はエルフの森と魔族の学院しか知らないわ。劣等種である人間を見るのは アンタが初めてよ」

「……いや、会ったことがなければそれでいいんだ」

「ともかく明日は勝負だからね」

そうして彼女は教室から颯爽《さっそう》と退室していった訳なんだけど、「はー」っと僕はため息をついた。

――つまりは、これは面倒くさそうな女の子に興味を持たれてしまったぞ……と。

で、翌日。

今日の朝のホームルームで、基礎火魔法の学術試験結果が発表されることになっている。

前の席のマリアが振り返り、僕に向けてニヤリと笑った。

「今日でアンタの実力を試させてもらうわ。どうにもアンタは実力を隠しているフシがあるみたいだからね。まあ、実力を隠していると言っても、天才美少女である私が負けることはありえないけれど」

なんというか、ライバル心剝《む》き出しだね。ってか、天才美少女て……。

聞くところによると、マリアは試験関係はいつもトップらしい。

っていうことは、自分のトップの座を脅かす可能性のある……突然転校してきた僕という不確定因子が気になるって感じだろうか？

いや、クラス代表の仲間とも言っていたし、期待と共に僕の実力を試しているというセンもあるね。

「それでは試験結果の発表を行う。学院の慣《なら》わしの通りに点数順に呼んでいくぞ」

それを聞くと、マリアは声をひそめて僕に言葉を投げかけてきた。

「マーリン様の言葉通り、試験の結果発表は点数順に呼ばれることになっているわ。はたして呼ばれるのはエフタルが先か、私が先か……そう、勝負は最初に呼ばれる生徒の名前で決まるはずよ」

そうして、マーリンはゴホンという咳払《せきばら》いと共にこう言った。

「試験結果を発表する。一位は二名。百点中百点の同順一位だ」

マリアは「フンっ」と残念そうに肩をすくめ、大きな声でこう言った。

「ふふん、どうやら今回では決着はつかなかったようね」

「決着？」

「私とアンタで同順位で満点で一位ってコト。どうやら基礎編のテストでは私達の器は測ることはできないようね。ま、この程度の基礎試験で実力の底を見せられても、クラス代表のリーダーとして私が困るからこれは嬉《うれ》しい誤算だけど」

「あれ？　でも、僕のことを劣等種とか言ってなかったっけ？」

「私は実力主義者よ。人間は魔法においては劣等種だとは思っているけど、実力を示せば話は別。アンタはこのテストで満点という結果を見せた……なら、アンタはやっぱりクラス代表の一員として、これから私の役に立ちなさいっ！」

マリアは僕に向けて右手を差し出してきた。どうやら握手を求めているらしい。

で、いつの間にかクラス中の視線が僕達に集まっている。

まあ、これだけ大きな声で話をしてりゃあ無理ないよね。

「ここで手を握るとめんどくさそうな気が……」

「え？　めんどくさい？」

「い、いや、何でもないよ」

仕方ないので手を握って握手してあげると、満足げにマリアは頷《うなず》いた。

で、そのタイミングでマーリンが僕の名前を呼んだ。

「満点での同順位の一人目はエフタル学生だ」

「あ、どうも」

立ち上がり、ペコリと頭を下げる。

まあ、当然という風に僕とマーリンは目を合わせてクスリと笑った。ケアレスミス以外にあのレベルの試験で僕が間違えることなんてある訳ないしね。

「次、満点での同順位一位の二人目は――」

そうしてマリアは立ち上がり、バッサーッと髪をかきあげた。

後ろからでも察することはできるんだけど、腕を組んで「ま、当然」的にドヤ顔を浮かべているんだろうね。

「――アナスタシア学生だ。次、九十六点でマリア学生、その次は大分落ちるな。七十四点でマリス学生。その次は七十点で……」

アナスタシアが立ち上がってペコリと頭を下げる。そして――

――マリアはフリーズしていた。

名前を呼ばれても微動だにしない。ただただその場で顔を伏せて棒立ちになっている。

ついさっき、あれほど大々的に『私とアンタで同順位で満点で一位』と、断言していたのに……。

――これは恥ずかしい。

しばらくしてから、マリアは力なく椅子に腰を落とした。そうして机に顔を突っ伏して肩をプルプルと震わせていたのだった。

☆★☆★☆★

それから一週間後。

「エフタル！　前回は油断したけれど、今回は何日も徹夜で勉強したわよっ！」

今日は風魔法理論の小テストの結果発表だ。

ちなみに今回はただの小テストなので、点数順に名前を発表とかそういうことはないみたいだ。

「ふふ、どう？　遂《つい》に天才美少女である私の実力が発揮されたって訳よ」

百点満点の答案をヒラヒラさせて、マリアは薄い胸をこれでもかと張っている。

「ああ、負けちゃったのですー！」

ちなみに今回はアナスタシアは九十八点で、ケアレスミスといったところだろうね。

「ふふ、これでお付きの雑魚は倒したわ。さあ、アンタは何点よ？　まあ、アンタが百点だったとしても負けはない。何しろこっちは満点の百点なんだからね」

「えーっと……僕の点数は……」

「何点なのよ？」

と、マリアにひったくられるように答案を奪われてしまい、僕は「あっちゃあ」と頭を抱えた。

そうしてマリアは僕の答案を見て、パクパクパクと陸に打ち上げられた魚のように口を開閉した。

「……百点満点中……二百八十四点ですって？」

そうして教壇のマーリンが大きく頷き、凛《りん》とした声色でこう言った。

「解答方法が素晴らしいので加点になっているだけだ。何もおかしいことはないはずだが？」

まあ、加点の余地のない単純な問題揃《ぞろ》いの前回と違って、今回の試験はどう考えても僕に対するマーリンの悪戯《いたずら》だったからね。

実際、初歩の魔法知識でも解ける問題ではあるんだ。

けれど、これって実は僕の時代では証明未済だった定数を使用する問題なんだよね。

で、学者としての僕は設問における《ただし、エウリュアレ定数は3とする》のところに、どうしても引っ掛かってしまう。

正確には2・997となるんだけど、僕としてはこの、当時は何故《なぜ》にそうなるかの証明は未済だったのに、何故かそうなっていることだけは分かっている……。

そんな不思議な定数の証明をテーマに、この小テストに挑んだんだよね。

結果として、解答用紙の裏まで使って定数の証明過程を書き込んで、制限時間ギリギリだった。

まあ僕も現代魔術理論は一通り目を通しているし、マーリンの悪戯には完全解答という形で応じた訳だね。

と、それはさておきマリアは赤い顔で、僕を睨《にら》みつけてきていた。

「このエコヒイキッ！　マーリン様にちょっと気に入られているからって、そんなあからさまなのってアリなの……っ⁉　加点制度は知っているけど、そんなのいいところが三点とか四点だよね？」

「マリア学生、文句があるなら私が聞こう。ただし、私も暇ではなくてな……きちんとエフタル学生の答案を見た上にしてもらおうか？」

マリアは半信半疑……という風に僕の答案に目を通して、見る間に顔を青くしていく。

「何これ？　何書いてるのかすらマジでサッパリ分かんない。何これ……？　何なのこれ？」

と、マリアはドン引きの表情で僕に答案を突き返してきたのだった。

☆★☆★☆★

で、翌日。

運動場で武器に対する魔法付与の実地訓練が行われた。

僕は剣で、マリアは弓。つまりはそれぞれが自分の得意な武器ということになっている。

「アンタが理論馬鹿ってことは分かったわ。けれど、魔法ってのは実践してナンボの世界よ」

と、いうことで再度マリアがつっかかってきたんだよね……。

本当に面倒というかなんというか。

「エルフという種族は森の民なの、当然、狩猟に関する魔法であれば私は子供の時から学んでいるわ。つまりは弓術もまたしかりってことね」

ふふんとマリアは笑って、そうして高らかに笑いながら的に向かって矢を放った。

「レベル1：ウインド付与」

風魔法で矢が加速していく。

そして、速度の上がった矢が的の真ん中に「シュビッ！」と勢い良く突き刺さった。

「ふふ、どうよ？　魔法付与すらできない連中ばかりの中で、ここまでの完璧な付与は一年次じゃ……滅多《めった》なことではお目にかかれないわよ？」

「えーっと、こんなもんかな」

既に僕はみんなに只者《ただもの》ではないと知られているみたいなので、レベル2程度の魔法付与なら大丈夫だろう。

っていうか、マリアは炭鉱のカナリアとしてはいい感じに動いてくれるね。

どうやら一年次としては彼女は最優秀みたいだ。なので、それと同じかそれの一歩先……これ位なら人外として目立たないラインということを教えてくれる。

僕としてもマーリンの七光って言われると面倒というか、特別待遇を受けているのは間違いない。当然、それなりの実力を見せないとマーリンの名誉も傷ついちゃうしね。

ってことで、マリアの一歩先というところで今後はいかせてもらおうか。

「レベル２：アイスクリエイト付与」

模擬剣を氷が覆っていく。

良し、これで氷の剣が完成したぞ。炎魔法の防御結界なんかだと術式を突破しやすいだろうね。

ちなみに、本気出したらレベル６か７までは付与できるんだけど、それより上は今後の課題だ。

やはり、僕としてはレベル10：雷神皇《エフタル》を付与して、究極の雷神剣を完成させたいところだね。

「レ、レ、レ……レベル２の付与？」

「え？　何か問題でも？」

「……上級生のエリートなら分かるけど。でも……私と同学年で？　嘘《うそ》……そんな……絶対嘘……いや……でもアレは本物のレベル２の魔法剣……？」

一瞬だけ、マリアはカクンとその場に崩れ落ちそうになって、けれど彼女は踏みとどまった。

「ふ、ふ……ふん、少しはやるみたいね。でも、これで勝ったなんて思わないでねっ！」

☆★☆★☆★

で、お次は三日後。

学院の敷地の中、広大な森で全員鬼ごっこをすることになった。

ルールは単純で、誰でもいいから相手に気づかれずに、模擬剣で頭に一撃を入れれば勝利。

将来的に冒険者ギルドなんかに登録する者も少なくない。森の中での魔物対策として、魔術気配探知や魔術気配消去をするための訓練だね。

当然、僕は鬼ごっこ開幕当初から全員の気配を察知している。

ちなみにアナスタシアは裏稼業だったから、流石《さすが》に気配を消すのは上手《うま》い。五十メートルも離れられると僕でも気配が察知できないね。

で、マリアも森の狩猟民族出身なので、その辺りは当然上手いんだけど、まあ僕を相手にしては分が悪すぎるだろう。

四皇になる前はSランク冒険者としてギルド所属だったこともあるしね。

「エルフの素敵と気配消しを舐《な》めんじゃないわよっ！」

マリアは僕に気づかれていないと思って、樹木の上から飛び降りると同時に剣を振り落としてきた。

っていうかこの子、一般人に比べると体術はそこそこできるんだよね。

僕も剣術は達人級だけど、子供の時から延々とフレイザー兄さんやモーリア校長みたいな格上相手に稽古していた訳だ。

当然、格下相手に胸を貸した経験がほとんどないので、中途半端にデキる相手から全力で向かってこられると――

「あ、体が反射的にっ⁉」

そう、手加減が難しいんだよね。

条件反射的に体が動くように剣術を仕込まれているので、この辺りも今後の課題かな。

「――――ンギィッ！」

と、僕は模擬剣でマリアの頭に一本を入れて気絶させてしまった。

僕の方に向けてマリアは倒れ込んできて、地面に顔面から落ちそうだったので優しく抱きかかえてあげる。

そして、その時――エルフのドミエ族特有の香水の甘い香りが鼻腔《びこう》をくすぐって、僕の心臓がトクンと高鳴った。

「どこかで会ったことがあると思えば……なるほど、そういうことか」

前世の記憶、その彼方《かなた》に忘却されていた思い出が頭の中をフラッシュバックしていく。

同時に、僕の胸の中に温かい感情が広がっていった。

「で、負けず嫌いの性格まで一緒……か。はは、本当に懐かしいな。えらく若いけど、そういえば出会った頃は……こんな感じの顔だったな」

そうして学生服の上着を地面に敷いて、ゆっくりとマリアを横たわらせた。

授業が終わればすぐに教職員が回収に来るだろう。回復魔法を簡単に施して、そのまま僕はその場を後にしたのだった。

☆★☆★☆★

と、そんな感じでマリアが僕に突っかかってくること十一回。

十一戦十勝という結果になった訳なんだけど――

「ふふ、遂に、遂に私がエフタルに勝利したわっ！」

朝の教室でマリアは勝ち誇りながら、満足げに頷《うなず》いていた。

「やっぱり私は天才ね。ま、最後の最後は正義が悪に勝利するって相場は決まっているから当たり前なんだけど」

ドヤ顔で、周囲に聞こえるように喚《わめ》き散らすマリアに、アナスタシアはうんざり顔を作っている。

っていうか、これって絶対周りに聞こえるようにワザとやってるよね。

勝ったということを宣伝したいんだろうけど、どんだけ自己顕示欲が強いんだというか、自分を大きく見せたいんだというか……。

「マリアさんはただの不戦勝なんですけどね。そもそもご主人様は魔法試射の勝負を受けた訳じゃないですし」

「う、うるさいわね！　何か文句あんの？」

「いや、別に……」

そうしてマリアは僕にヴィシッと右手人差し指を向けて薄い胸を張った。

「ともかく、私がアンタに勝ったのは事実よ。そして、最終的に勝った私が確定的な勝者であることも明白な道理よ」

「はいはい分かった分かった。僕の負けだよ」

「な、何よ、その言いぐさは？」

「だから僕の負けだって。ところで……ねえマリア？」

「どうして君は僕にそんなに突っかかってくるんだい？」

「ん？　何よ？」

「まず、アンタは私と同じクラス代表よ。私はこの学院でのし上がっていく必要がある以上、アンタが使える奴《やつ》かどうかを私自身が確かめる必要があるわ」

「それは前も聞いたけど、何度も何度も勝負をやる必要はないよね？」

「それにもちゃんと理由があるわ。アンタのことが私は気に食わないのよ。だからアンタを何度も試す必要があった。心情的にどうにも受け入れられなくてね」

「気に食わ……ない？」

「名前よ名前。アンタの名前」

「僕の名前？」

「私は初代雷神皇様に憧れているの。かつてエルフの民を守るために戦ってくれたこともある大英雄だしね。子供の頃は子守唄代わりに伝説を聞かされたもんよ」

「……なるほど」

まあ、マリアの所属するドミエの氏族と僕は……旧《ふる》い縁があるからね。

エルフの民を守るために戦ったことがあるのも事実だし。

「で、アンタは初代雷神皇様と同じ名前でしょ？　それってウチ等《ら》の氏族からしたら不敬罪みたいなもんだからね」

「それで僕に突っかかってきた訳か」

「ええ、これは一発と言わずに何発もキャインと言わせないと……って思ったのよ。で、今はまだキャインの一発目ってところね」

なるほど、事情は分かった。

でもなあ……うーん、これ以上突っかかってこられるのも面倒だな。

仕方がないので、一度マーリンを騙《だま》した方法でいってみるか。

僕の先祖は雷神皇で、実は雷神皇は隠し子を作っていて……そこの一族に魔導の全てを託したっていう作り話だね。

「えーっとね、マリア。実は――」

と、かいつまんで「かくかくしかじか」的にマリアに僕の出自についてデタラメをこいてみた。

「……嘘？　それって本当の話なの？」

まあ、嘘だけど。

ともかく、信じられないとばかりにマリアは大きく目を見開いた。

「いや、でも……そんなこと……」

うーん……。

半信半疑という風だね。

とはいえ、連日の勝負には僕もうんざりしているんだ。名前が原因だったのなら、ここで納得してもらわないと正直困る。

とりあえず、既に僕は一定以上の実力者だとは知れ渡っている。

それに明らかに不自然なマーリンと僕の関係もある。状況的にはこの作り話の筋は通っているし、説得力はそこそこあるはずだ。

はたして、エルフの才女は僕の作り話に乗ってくれるだろうか。

「いや、でもしかし……同じ名前なのもそもそも変だし……うーん……確かにコイツは常人の範疇《はんちゅう》を超えているし……いや、けれど……突拍子もない話で……」

そうしてマリアはうんうん唸《うな》って、考えて考えて考え抜いて――

「うん。信じる。納得したわ」

――良し！　チョロかったたっ！

僕がガッツポーズを取ると、マリアはコホンと咳払《せきばら》いをした。

「まあ、それはそうとして……私は他人の実力を認めることもできる女よ。私とアンタの戦いは、実力伯仲の名勝負の数々であったことは認めてあげるわ」

と、そこでアナスタシアがポカンとした表情で大口を開いた。

「あれが実力伯仲の……名勝負？」

そうして僕はちょっと気になったのでマリアに尋ねてみた。

「ちなみに、何回かキャインって言わせるって言ってたよね？　それって具体的には何回位の予定だったの？」

「三十回位？」

「それは数十回って言うんだよっ⁉」

いやはや、これは早目に処置しておいて正解だったな。延々こんなことをやられていたらと思うとゾッとする。

と、そこでマリアは僕の肩をポンと叩《たた》いた。

「つまり、アンタを私の同格だと認めてあげるわ。これからクラス代表として一緒に行動することになるけど、ナンバー２の座を用意してあげる。まあ、チームとしてはアンタは最終兵器的なポジだから、そこんとこヨロシクね」

――で、そんなこんなで話は冒頭につながる訳だ。

まあ、要は今後はチームで動くことになるから「マリアをリーダーにして付き従え……」と、そういう風になったという訳だね。

☆★☆★☆★

で、翌日。

朝からハイテンションに「おっはよー♪」と言ってきたマリアが、また変なことを言い出した。

「今日はクラス代表選抜者達の集会が行われるのよ。この学校はクラスごとに五人の選抜メンバーを選んでいるのは知ってるわよね？」

「確かクラス対抗の模擬戦とか、あるいは他の学校との模擬戦とかに出場するメンバーだよね？」

半ば無理やりに僕は魔法剣士枠としてクラス代表になっているみたいだけど、そういえばその辺りのことは全然聞いてなかったな。

「その通り。五名の内訳は魔術師が二名。魔法剣士が二名。僧侶《ヒーラー》が一名ってコトになっているわね」

「ふむふむ」

「現状は魔法剣士のアンタ。魔術師の私、そして魔術師のアナスタシアの三人ってことになるわ。後の二人はこれから決めるんだけど」

「いやいや、ちょっと待ってよ」

「え？　何よ？」

「僕はともかくとして、アナスタシアも？」

「ハッキリ言うわ。ウチのクラスでは私も含めたこの三人以外は使えないわ。残りは雑魚もいいところよ」

「ん？　どういうことなのかな？」

「入学当初、クラス代表になった他の三人があまりにも酷《ひど》かったので、エイブと一緒にその三人を鍛えようとしたのよね。で、私の知らない間にエイブがちょっと半殺しにしちゃったみたいで……その三人が登校拒否になっちゃったの。もうどうにもなんない状態よ」

「あっ……そうなんだ」

　何だか良く分からないけど、とりあえず面倒なことになっているみたいだね。

　っていうか、やはりエイブは退学に追い込んでおいて正解だったね。クラスメイトを半殺しって……。

「いや、でも突然にアナスタシアをクラス代表の一人に決めちゃってもいいの？」

「アンタ等が満点を取った前の試験ね、アレって実は一年次の最終試験レベルの難問揃《ぞろ》いだったのよ。アレで満点なら文句を言う奴は誰もいないわ。で、アンタ等はマーリン様とツーカーなんでしょ？」

　まあ、その辺りはもう隠せる状況ではないだろう。

「ってことで、私達三人は放課後に生徒会主催の代表者集会に出るわ。そして、そこが伝説の第一歩となるのよ」

「……伝説？」

「そうっ！　超絶天才美少女である私の、私による、私のための成り上がりのシンデレラストーリーよ！」

「えーっと、どういうことなのかな？」

「前に言ったでしょ？　学生魔術師としての最大の名誉である翡翠《ヒスイ》大勲章よ」

そうしてマリアは、顎が天井を向くんじゃないかというほどにふんぞり返ってこう言った。

「私の伝説が今日の集会から始まるのよっ！　こっちにはウチの最終兵器であるエフタルもいるし、偉そうにしてる生徒会の面々――初《しょ》っ端《ぱな》から連中のド肝を抜いていくわよっ！」

うん。ビックリする位に嫌な予感しかしない奴だねこれは。

◎かつての師は吸血鬼

生徒達が集められたのは校内の大会議室だった。それで、僕達三人は末席に座らされた訳だね。

着席早々、僕はとりあえず会議室全体を見渡してみた。

うーん……。これは大会議室というよりは大講義室とかに近い感じだね。

部屋全体はゆるやかな扇形の階段状となっていて、ズラ――ッと机と椅子が置かれている。

で、部屋の一番前は一段高くなっていて、黒板の前に机が十席分配置されているね。元が講義室として使われていたんだろう。壇上の複数の机を排除すればそのまんまで教壇みたいだし。

それで、壇上の机は半分が生徒会用で半分が教職員用のものらしいな。

お？　最前列の教職員用の椅子の上座にはマーリンが座っているね。

普段はマーリンは担任以外の校内業務はそっちのけだから、彼女が出席しているということは、どうやらこれは学校全体の重要行事みたいだ。

「ってことで、そろそろ集会が始まるわ」

そうして、壇上に陣取った生徒会の一人――紫色の髪の少女が立ち上がった。

「それでは皆さん静粛に。それでは司会の生徒会副会長……私、アイリーンが本日の集会を開始します。議題は今回の選抜者が二か月後に参加する、腕試しの試練でもある雷神皇《エフタル》祭です」

うっわァ……。

何ていう恥ずかしい名前の祭りなんだ。

いや、僕以外からすると全然恥ずかしくないんだろうけどさ。

しかし、ここは魔族の学院だ。どうして人間の英雄である、僕の名前を冠した祭りが開催されるのだろうか？

「皆さんがご存知《ぞんじ》の通りに我らが学長は雷神皇《エフタル》学派の最長老にして、生ける伝説となっております。五年前に学長肝煎りで始まったこの行事は――」

即時にマーリンに視線を向ける。

で、彼女も僕を発見して……僕の表情を見て、どうやら笑いを堪《こら》えているようだ。

『ってか、お前が原因かよっ！』と、僕はガックリと肩を落とした。

いや、まあ、五年前か。

僕のことをその時点では死んでいると思ってたから、敬愛のあまりにそういう名前をつけたんだろうけどさ。

そう考えると悪い気分はしないんだけど、でも、話の流れ的にはその祭りに僕も参加することになるんでしょ？

気恥ずかしいというか何というか……。例えば、街中で普通に自分の銅像とかがあると、やっぱりそれは何とも言えない気持ちになる訳で。

「知っての通り雷神皇祭はクラス対抗戦となります。様々な競技で競うことになりますが、最終的には上位二チームが全校生徒の前で五対五の総当たり戦闘となる訳ですね」

なるほどと頷《うなず》いて僕が横を見ると、何故《なぜ》だかマリアが露骨に顔をしかめていた。

「雷神皇祭に参加するのは、選抜者強化合宿を修了している真に選ばれしチームだけですね。三年生は既に全員が合宿を経験済みだから、今日は合宿に向かう二年生のみんなの激励会となります。魔術のエリートの登竜門となる強化合宿は例年四割のリタイアを作るほどに過酷なものです。皆さんには歯を食いしばってもらいたいものですね」

と、そこでマリアが立ち上がった。

「ちょい待ちっ！　その強化合宿──私達も参加するわっ！」

「あらあら？　そちらのエルフの小娘は常識も知らないお馬鹿さんなの？　そもそも論として一年生が合宿に参加した前例はないわよ？」

「それは今までの一年生が実力不足で修了不可能が目に見えているってコトで、自主的に辞退したのが慣例になっているだけでしょ？」

「どうしてそれが慣例になったかを考えることね。合宿が行われる場所は魔物がひしめく森よ。生半可な実力で参加すると不慮の事故で命に係《かか》わるわよ？」

「ふん、今年の一年——私達を舐《な》めてたら痛い目にあうわよ？」

ってていうか、どうやら二人は知り合いみたいだね。

マリアとアイリーンさんの視線が空中でぶつかり、火花がバチバチといわんばかりの勢いだねこれは。

と、そこでアイリーンさんの隣に座っていた眼鏡の生徒が立ち上がった。

「先ほどから黙って話を聞いていれば……君が合宿に参加できないのは新入生ということもあるが、それ以前の問題だろうに。馬鹿も休み休み言いたまえ」

「何よ生徒会の書記長？　文句あるって言うの？」

「本来なら君は代表どころか、学校にも在籍していてはいけないような出自だろう？」

「出自？　ひょっとするとエルフを差別するってこと？」

「いいや、君が普通のエルフであればこんなことは言わないがね。かなり卑しい身分のエルフだと聞いているよ」

そこでプチンと、マリアの頭のセンが切れた音が聞こえてきた。

いや、実際にはそんな音はもちろん聞こえてないんだけど……まあ、一瞬で般若《はんにゃ》の顔になったってことだね。

「喧嘩《けんか》売ってるの？　だったら買ってやるわよ！　森の精霊の名にかけて……ドミエの氏族の侮辱は許さないっ！」

「この場で喧嘩でもしようと？　本当に噂《うわさ》の通り下賤《げせん》なエルフの一族のようだ。君は温情で学籍を置かせてもらっているということを忘れてはいけないよ？」

そうして眼鏡男は僕に視線を移して――。

「ははっ！　それに君達は魔族ではなく劣等種の人間までをクラス代表にしているって？　これはこれは本当に人材不足だと窺《うかが》えるね」

マリアはファックサインを作ると共に大声で叫んだ。

「コイツは見た目は人間でも中身はとんでもない――ウチの最終兵器よっ！」

おや？　マリアは本気で僕を馬鹿にされて怒っている感じだね。

どうやら、マリアが僕の実力を認めたっていうのは本当だったみたいだね。

「劣等種に頼らざるをえないとは……恥を知りたまえ！　この学院のクラス代表の名誉に泥を塗るつもりかっ！」

そのまま深く深く眼鏡男はため息をついた。

「これは魔族の英雄たるマーリン様のご師匠様の名を冠した魔法の祭典ですよ？　かの雷

神皇もこのような連中が参加するとあっては草葉の陰でお嘆きになられるだろう」

いや、本当に今すぐに嘆きたい気分になってくるよね。

「そういう訳で一年次は今年も参加禁止ですっ！」

「ちょっとアンタ待ちなさいよ、勝手に決めてんじゃないわよ？」

「まだ言うというのですか⁉　身の程を知りなさいっ！」

と、その時、会議室内に凛《りん》とした声が響き渡った。

「よいではないか。この者達の参加を認めても」

「……マーリン……様？　もう一度……聞かせてもらってもよろしいでしょうか？」

「内容をきちんと理解していながら、私に同じことを二度言わせるのか？　ははっ、貴様は中々にいい度胸をしているとみえるな。顔を覚えておくぞ？」

マーリンの冷たい視線を受け、眼鏡男の表情は見る間に青ざめていく。

「し、しっ、しかし、マーリン学長？　合宿は危険なのは事実で、一年次には……」

「怪我《けが》はしない。ありえない」

「そうなのです！　マーリン様も知っての通りに一年次では実力不足……って、え？」

「だから、私はこの者達は実力的に適格者だと言っている」

「……え？」

「まだ同じことを言わせるのか？」

「けれど、伝統の強化合宿には品格というものがあります。二年次なら別として、一年次が特例で……エルフの下級民と劣等種が参加するとなれば……」

「書記長？　まさか貴様は知らないのか？」

「何でございましょうか？」

「私の師である雷神皇は魔族ではなく、貴様の言うところの劣等種である人間だ。それに、私は貴様と問答をしているのではない。私はただ、貴様らに裁決を伝えているだけということを弁《わきま》えろ。よもや、私の言葉を受け入れぬとは言うまいな？」

眼鏡男は苦虫を嚙《か》みつぶしたような表情を作った。

「ぐっ……ぐぬぬ……っ！」

そうしてマーリンは肩をすくめてこう言った。

「ああ、それに特定の種族を指しての明確な差別は禁止されている。せめて公の場所ではその言葉は控えろ。今回の貴様の発言については職員会で協議の後、追って沙汰を出す」

「え？　沙汰……とは？」

「処分を下すということだ」

「そんな……そんな馬鹿な……？　たったあれだけのことで？」

「情けない奴《やつ》だな。公で他人を罵倒したのだろうに？　自分が弾劾される程度の覚悟はできていると思っていたが？」

「い、いや……その……も、もうし……申し訳……ありませんでした」

そこでマーリンは深くため息をついた。

「直々に私がレクチャーしてやろう。かつて、伝説の雷神皇から私が教わった礼儀作法だ」

「……どういうことでしょうか？」

「逆立ちしても勝てない相手に対峙《たいじ》した時、それが魔物の場合は全力で逃げろ。相手が人間の場合は躊躇《ちゅうちょ》せずに土下座で即座に謝ることだ。生死を分かつに共通する点はスピード。迅速こそが尊ばれる。ところで書記長？」

「……何でしょうか？」

「おかしいな、絶対に勝てない相手の不興を買ったというのに、私には貴様の頭が高いように見えるのだが？」

いや、逃げろってのと素直に謝るっていうのは教えた記憶はある。

けれど、この四百年でマーリン独自理論でカスタマイズされてかなり過激になっているな。

「も、も……申し訳ありませんでした――っ！」

眼鏡の男の土下座は、それはそれは見事なもので、マーリンも満足したよう大きく頷いた。

「一週間の自室謹慎だ。今後の経歴も考えて処分履歴がつかないように、表向きは病気休暇ということにしておいてやる。頭を冷やしてこい」

そうして、眼鏡男は頭を下げながらすごすごと退室していって、一件落着ってことだね。

と、そこで生徒会長がパチリと指を鳴らして、壇上の机が片付けられ始めた。

そうして、何故だか最終的に壇上にマーリンだけが残った。

ん？　どうしてマーリンだけが……？　僕と同じ疑問をみんなも抱いたようで、一同が興味深そうにマーリンに視線を送る。

「一週間後から始まる合宿の特別顧問としてサーシャ様をお招きした。合宿中に失礼のないように最初に紹介しておくぞ」

講堂最前部、壇上のマーリンは確かに「サーシャ」と、そう言い放った。

え？

……え？

マーリンさん？　それってどういうことですか？

「マーリン学長が様付け？　サーシャ様ってまさか……？」

とある学生のその一声から、講堂内の至るところからざわめきが上がり始めた。

「ちょっとエフタル？　サーシャ様って……あの伝説の？」

「まあ、古代から生きる……かの有名な魔術師だろうね」

はーっと深く深くため息をつく。

っていうか、僕としては師匠には一番会いたくないんだけど……。

いや、今でも生きているのは文献で確認しているから知ってたけどさ。

そうしてマーリンは壇上の舞台袖へと声を投げかけた。

「それでは、お姿を皆《みな》にお見せ下さいませ。サーシャ様」

「ふむ。孫弟子よ。我にヒヨコ共の面倒を見ろとは、本当に貴様はエフタルに似て遠慮のない奴じゃ。変なところだけ師弟で似よってからに……」

壇上に現れたのは、ゴテゴテしたゴスロリ調で、ところどころがシースルーの肌色を強調したワンピース。

腰までの銀の長髪は黒のリボンで飾られて、瞳は金色。

昔から変わっていなければ、身長百四十五センチ、体重三十四キロ、見た目は……十二歳くらいかな。

可愛《かわい》いというよりも恐ろしいほどに美しく、そして妖艶との表現すらも許されるような美貌を備えている。

そう、それが僕の師匠であるサーシャだ。

もともとは人間だったんだけど、魔導の修行の片手間に極めた屍霊術《しれいじゅつ》を使い、サーシャは真祖の吸血鬼となった。

あ、ちなみにサラッと流したけど、普通は人間は吸血鬼にはなれない。ましてや真祖になどなれる訳がない。

相互に壁があるから、種族という枠組みがある訳でそれは当たり前の話だろう。ともかく、人類史上で自らを吸血鬼にしてしまったのは、恐らく後にも先にも師匠ただ一人となる。

で、吸血鬼なので恐ろしく寿命が長い。

オマケに、時の秘法の力によって睡眠中は年をとらないようになっている。それで普段は寝ているので、既に千年以上生きているのがこの古代の魔術師……いや、化け物だ。

「あ、あの、えと……ご主人様っ⁉」

アナスタシアは僕をエフタルだと知っている。

物凄《ものすご》い不安そうな顔でこっちを見ているのは「昔の知り合いに会って、身バレしてもいいの？」ってところだろうか。

ここでサーシャを出してきたマーリンの狙いはイマイチ分からない。けど、サーシャに僕が僕とバレてもそこまでは影響が……いや、アレの性格上、間違いなくとんでもなく面倒なことになる。

「此度《こたび》の合宿はサーシャ様ですらも驚くような麒麟児《きりんじ》がいますので——ご無礼を容赦くださいませ」

と、マーリンは平伏した。

「まあ、馬鹿弟子の顔に免じて信用してやろう。が、我を失望させれば貴様とてタダでは済まさぬぞ？　本来、我がこのようなヒヨコの監督者などありえぬのじゃからな」

で、師匠なんだけど、ゴテゴテフリフリ服に刺繍《ししゅう》が施された可愛らしい帽子を着用している訳だ。

更に、これまたフリフリの衣装を着た少女の人形を抱いている。で、その少女の人形は眼帯着用となっている。

いやはや、変わらずの素敵な趣味に過ぎるでしょう……。

屍霊術師っぽいと言えばっぽいけどさ。

「しかし、まるで老婆みたいな言葉遣いの聖女様ね。四皇のエフタル様のお師匠様ということは、それはそれはとんでもない力を持っているんだろうけど……」

マリアの言葉に僕はギョッとした表情を作った。

ちなみに、この時代でも超高レベルの男性魔術師が賢者、そして超高レベルの女性魔術師が聖女と呼ばれているのは変わらないらしい。

で、サーシャの弟子の僕としてはマリアの勘違いは即時に訂正しておかないといけない。

何故《なぜ》なら、師匠はその手の勘違いを一番嫌うからだ。いや、だったらそんなややこしい恰好《かっこう》するなよって話なんだけどさ。

「いや、アレは賢者だよ。っていうか大賢者だ。それはもうとんでもない大賢者だ」

「……え？　アレが何だって？」

マリアに真顔で問い返された。

いや、気持ちは分かるよ、僕も数百年前に最初に会った時は人違いだと思った。

「だからあれは聖女ではなく、大賢者だよ」

「……E？　NANだって？」

発音がおかしくなる位に衝撃的な事実だったらしい。

「サーシャ。本名はアレクサンドル＝スミルノフ。御年千二百歳。男の娘《おとこのこ》っていうやつだよ」

「え、え……えええええええっ!?　アレが男っ!?」

と、マリアが驚いているところで、師匠は壇上からこちらに瞬間移動して……っていうか、今、レベル８魔法で飛んできた。

僕に魔力操作を気取らせることなく、術式の発動までをほとんどノータイム？

ははは、本当に笑えてくるほどに化け物だね。

マーリンですら何が起きたか分からず、ただ突然に壇上から消えたとキョロキョロと周囲を見渡している始末だ。

そして当のサーシャは僕とマリアの前に仁王立ちしていて、ニヤニヤと笑いながらこう言った。

「ふむ、そこのエルフの小童《こわっぱ》？」

そこでマリアが何を思ったのか土下座の姿勢をとった。

「も、も、申し訳ありませんっ！　サーシャ様のことをアレだなんて言ってしまってっ！」

「いやいや、いいということじゃっ！　そんなことよりもそんなにビックリしたのかえ？」

「え、え、ええ、それはそれはとんでもなくビックリしました」

「くふふ、本当にそんなにビックリした……というのじゃな？」

ニタニタと師匠は本当に嬉しそうだ。そして僕は同時にため息をつく。

いやはや、本当にこの癖さえなければ、魔術師としては尊敬できる人なんだけどねぇ。

「ええ、本当に驚きました」

「時に、何故にお主は驚いたのじゃ？」

「いや、こんなにも可愛らしくて美しい少女が男だなんて」

そこで師匠はキャハハと嬉しげに声をあげた。

「じゃろっ!?　可愛いじゃろーっ!?　いやー、我ってば本当に可愛いからのー！」

そうなのだ。

この人は千二百歳にして、男なのに……可愛らしさを追求しているのだ。

うん、もうなんというか本当にいろいろアレすぎる。だから僕は早々に独立して、可能な限りにこの人からは距離をとっていたんだね。

「ともかく、エルフの小童は気に入ったのじゃ！　魔術というのは森羅万象をありのままに視《み》る力が重要なのじゃ。その意味では可愛いものを可愛いと評することのできるお前は見込みがあるっ！」

「恐悦感謝でございます」

そうして師匠は僕の顔を一瞥《いちべつ》して——

「で、時にお主の名は？」

「あ、エフタル＝オルコットです」

「……ん？　馬鹿弟子と同じ名前なのかえ？」

あれ？

ひょっとしてこの人……気づいてない？

いや、それならそれでこっちとしては助かるかな。じゃあ、四皇のエフタルとしてではなく、エフタル君としてお話しさせてもらおうか。

「四皇と同じ名前とは恐れ多いといつも言われますよ」

「しかし、マーリンの学校に通っていて同じ名前とな？　何かありそうな気がするのじゃが……」

「あ、いやそんなこと全然ありませんよっ！　しかし、マリアの言葉ではないですがサーシャ様は本当にお美しいっ！　いや、可愛いっ！　わー凄《すご》いなー凄いなー可愛いなーっ！」

最後の方は棒読みっぽくなっちゃったけど、僕の言葉でサーシャはニンマリと笑った。

「じゃろ？　じゃっろー!?　我ってば可愛いじゃろー？」

「ええ、本当に全人類の女性が羨むお美しさですっ！」

「じゃろじゃろー？　いやー、自分でも鏡を見て……たまに引いてしまうのじゃ。本当に我の美しさって、もうほとんど犯罪じゃもんな」

良し、ごまかせた！

と、安堵《あんど》しているとサーシャは僕の肩をポンと叩《たた》いた。

「良し、お主も気に入ったっ！」

まあ、とにもかくにもこの人は変わらないね。

なんせ容姿を褒めとけば上機嫌だもんね……。ただし、あくまでも男なのに可愛いという感じで褒めないと効果がない。

つまりは普通に女の子扱いすると怒るんだよね。本当に変なこだわりがあって面倒くさい。

——ギャップって大事じゃろ？

とか、訳分からないことを座右の銘にしてるんだよね……トホホ。

で、そこでサーシャは壇上のマーリンに視線を向ける。

「マーリンよ？　お主は分かっておるのかえ？」

そのまま師匠は僕を指さした。

「分かっているとおっしゃいますと？」

「我の監督下に美少年を置くことの意味じゃよ。この者……相当可愛い顔しておるの。全くけしからんことじゃ」

「いや、けしからんって……」

そういえば、師匠は美少年ハンターとして有名だった。

まあ、生前の僕は貞操の危機とは無縁だったんだけどね。

と、いうのも師匠の好みはショタ系なんだ。僕は弟子入りした時点で十八歳な上に、どっちかっていうと男前系だったからね。

でも、今は僕は十五歳だ。そして自分でもかなり中性的な顔だと思う。

って、え？　ええ？

えええええええええ？　待って！　待って！　ちょっと待ってっ！

「我の眼前にショタ美少年——これで何も起きない訳がないじゃろう？」

「何も起きないですからっ！」

助けてマーリン！

すがるような視線でマーリンを見ると——

——あ、マーリン……爆笑を堪《こら》えてプルプル震えている。

あー、もうっマーリン！　僕の一大事に笑っている場合じゃないよねっ⁉

「ふむ。小一時間じゃ」

「小一時間とおっしゃいますと？」

「女の人が相手だと思えばいい。黙って目を瞑《つぶ》ってればすぐじゃ。幸い、我の控室はすぐそこでベッドも用意されておる。我は寝ぼすけさんで有名じゃからな」

いや、用事がない時や馬車での移動時は、寿命を延ばすために常に寝てるのは知ってますけど。

そうして師匠は僕の右手を摑《つか》んで、乱暴に僕を引きずっていく。

「さあ、こっち来るのじゃ」

「や、や、やめてっ！」

すがるように他のみんなを見る。

けれど、一番最初に目が合ったアナスタシアは、悲しげな表情で僕から視線をそらした。

――う、う、う、裏切り者っ！

マリアに至っては目を最初から合わせないように下を向いている。

――お前もかブルータスッ！

で、マーリンはと言えば相変わらず爆笑を堪えて、ただただ肩を震わせていた。

――マーリンッ！　昔の君はそんな子じゃなかったよねっ⁉

そうして、その他一同のクラス代表のみんなは、ただただ呆気《あっけ》にとられ、目をパチクリさせている。

どうやらサーシャが男で色欲魔ということに、理解が全く追い付いていないようだ。

「や、や、や、やーめーて――――っ！」

という悲鳴と共に僕は控室に連れて行かれ、速攻でベッドに寝ころがされて、そうして上半身の上着と肌着を力任せに剝《は》ぎ取られた。

「小一時間で終わるのじゃっ！」

「あ、あ、アアアアアアアアアッ！」

と、僕の絶叫が控室内に爆音で響き渡ったのだった。

☆★☆★☆★

「とても……気持ちいい……です。ああ……我慢ができずに声が……漏れてしまいます……」

「じゃろう？　気持ちよかろう？　思わずヒイヒイ言うじゃろう？」

いや、でも本当に気持ちがいい。まさか、師匠がこんなにテクニシャンだったとはビックリだね。

「我はマッサージが趣味でな。無論……美少年限定となるが」

「それはそれで非常に濃い趣味だと思いますけどね」

「この年になるともう性欲どうこうはないからの。ただ、美しいものは愛《め》でたいのじゃ。そこでマッサージということじゃな」

「なるほど」

「ヒヨコの面倒を見ろというのじゃ。目の保養と手での感触を楽しませてくれてもバチはあたらんじゃろう」

「手での感触を楽しませろっていうのは、誰かに聞かれると誤解が生まれるので言わないほうがいいですよ」

で、つまりは小一時間ほど僕はマッサージを受けたんだけど、本当に気持ちよかった。筋肉の隅から隅までがほぐれて、本当にスッキリと生まれ変わった感じだねこれは。

「よし、これで終わりじゃ。もう外に出てもいいぞ」

「ありがとうございました」

そうして僕がサーシャの控室から外に出て「あー気持ちよかったー」と呟《つぶや》いてしまった時——

——心配して部屋の外で待機していたと思われるアナスタシアと目が合った。

「気持ち……よかったのですか？　ご主人様？」

「あの、その……違うんだアナスタシアッ！」

「あの、えと……ご主人様……か、か、か……開眼……ですか？　目覚めちゃった……んですか？」

アナスタシアが涙目になって廊下を走っていく。否《いや》、逃げていく。

「ご主人様が……ご主人様が——っ！」

「違うんだ、誤解なんだアナスタシア！　待って、待ってくれっ！　っていうかどうして君はお尻を押さえて逃げていくんだっ⁉」

「分からないんですっ！　腐女子の世界のことなんて私には分からないんですっ！　中で何が起きていたかなんて見当もつかないんですっ！」

分かってるじゃねーかっ！

しかし、誤解させたままというのは不味《まず》い。で、アナスタシアを追いかけようとしたところで、マリアが僕に駆け寄ってきてドンと肩を叩いてきた。

「え、え、エフタル？　あのさ？　あの……なんていうか……ドンマイ！」

傍若無人を地で行くマリアが僕を気遣ってくれているだとっ⁉

「ほ、ほ、ほらっ！　気持ちよかったみたいだしさっ！　け、け、結果オーライじゃんっ⁉」

結果オーライって……。

「エフタル様どうでしたか？　筋肉がほぐれたでしょう？」

マーリンのその言葉でマリアが猛烈な速度で食らいついてきた。

「**筋肉ってお尻の筋肉ですかっ⁉**」

マリアの言葉に「ブホワッ！」っとマーリンは吹き出してしまった。

そして、プルプルと震えて、地面に崩れ落ちて必死に笑いを堪えているようだ。あー、なるほど……そういうことだったのか。

「ねえマーリン？　君は知ってたんだね？　何が行われるのかを含めて、全部ね」

「ええ、存じておりました。エフタル様の真なる危機であればこのマーリン……動かぬ道理はございませんので」

「冗談も度が過ぎると笑えないんだからねっ！」

と、まあそんなこんなで、特大のため息と共に僕は波乱の合宿生活に思いを馳《は》せたのだった。


——そして三日の時が流れた。

つまりは合宿所に向かう四日前となる訳で、聞くところによると期間は一か月と長丁場らしい。

と、いうことで僕は屋敷の自室で荷造りをしていたんだけど、マーリンが訪ねてきたんだよね。

「さっきも言ったけど、荷造りは自分でやるからマーリンの手は必要ないよ。ああ、もちろん使用人も要らないから」

「いいえ、そうではありません」

何か話があるようなので、僕は「入っていいよ」とドアの向こうに声をかけた。

「で、何だいマーリン？　あ、そうそう、その前に一つ聞いておきたいんだけど……」

「何でしょうか？」

「サーシャもマギアバーストに呑《の》まれて弱体化しているの？」

「いえ、事件の際は冬眠中……つまりは秘法で時を止めていたため、あの方は例外中の例外ですね。レベル10の行使は可能です」

あー……やっぱり。

っていうか、アレはヤバすぎる存在なので少しは弱体化しておいてくれよ……とほほ。

「と、それはさておき本題です。合宿所でエフタル様の班を受け持つ予定の男ですが、少し癖がありましてね」

そういえば、合宿が始まる前にその人がオリエンテーション的にお試しで授業をするんだっけか。

「癖？」

「指導する立場の者として、ある程度の優秀性は認められるのですが、少し……やりすぎてしまうキライがあります」

「うーん……シゴくこと自体は悪くないんじゃないの？　マーリンもそうやって僕に鍛えられた訳だし」

そこでマーリンは首を左右に振った。

「いいえ、違います。断じて違います。エフタル様の場合は、厳しさの中に優しさ……魔導の後進を育成するための愛がありました。私も含めて直弟子の全員がエフタル様を尊敬していますので」

「面と向かってそう言われると、ちょっと照れるね」

「まあ、裏では『カミナリクソオヤジ』であるだとか『殺す気の訓練メニューかよ、むしろアイツのが魔王っぽくね？』であるだとか、罵詈雑言《ばりぞうごん》でしたが」

「酷《ひど》いねそれっ⁉」

「いえいえ、敬愛が故ですよ。私は陰口に参加したことはありませんが、兄弟子達はみんなそんなことを言いながらも笑っていましたし、全員がエフタル様を父親のように思っていたのは事実ですので」

「まあ、四百年前のことだから、時効ということにしておいてあげるよ」

みんなの顔を思い出して、自然に笑みが浮かんでしまった。

そんな僕を見て、マーリンもまた昔を懐かしむように本当に嬉しそうな微笑を浮かべた。

「ともかく、アレの場合はエフタル様の厳しさとは大分と違います。自分の出世だけを考え、生徒をモノ扱いにするといいますか……結果を出しているのと明確な証拠がないため、今は処分にはなっていない訳ですがね」

「ふーむ……」

「それと立場を利用して、女子生徒にワイセツ行為を働いたという疑惑が数件ありますね」

　途中まではそこまで問題ないんじゃないか？

と、思っていたけど本命の問題はそっちか。うん、そりゃあ確かにダメだよね。

「……何かダメっぽい人だね」

「だから、合宿所付き職員ということで左遷になっています。暴力・わいせつ・パワーハラスメント……大小の犯罪行為の形跡は多々あるのですが、生徒を脅迫しているのか証言が取れないのです」

「なるほど……ね」

「もしもエフタル様に犯罪的な不敬を働き、不快に思われた場合は、半殺し程度までであればお好きになされてください」

「いや、半殺しって……」

「つまり、そういうことが想定されるほどに問題のある職員です。学院は治外法権の自治組織的な性質を持ちますので……。表には出しませんが、エフタル様には実力行使による、学内の犯罪者の制裁と処分の権利を付与しておきますね。と、いうのも生徒相手でないと、奴《やつ》も犯罪行為の尻尾は出さないでしょうから……そういう事情もあります」

「ってことは？」

「はい、本当に半殺しにしてもいいですよ」

ニコッと笑ってマーリンはそう言ったのだった。

「まあ、とりあえずは様子を窺《うかが》ってみるよ」

☆★☆★☆★

合宿前の授業は特別なカリキュラムとなるみたいだ。

具体的にはオリエンテーションと称して、直前の三日間実施されることになっているようだね。

それで、今僕達三人は特別……ってことで、通常のクラスから隔離されている。

教室も普通じゃなくて、学院の敷地内にある使われていない校舎の教室を使用することになっている訳だ。

「俺の名はアッシュ。今日から三日間オリエンテーションをしてやるから感謝しろ」

教室前方にはスキンヘッドの大男——件《くだん》の教育官が仁王立ちを決めているって訳だね。

「いいか貴様ら？　汚い言葉を垂れる前に『発言よろしいでしょうか』、最後に『以上です』を必ずつけろ！　合宿中は本校みたいに甘くねえからなっ！　まずは上下関係を正確に理解しろっ！」

うん、やはり前評判どおりにスキンヘッドの大男は中々の性格のようだね。

「発言よろしいでしょうか教育官？」

僕がそう言うと、教育官は大きく頷《うなず》いた。

「発言を許可する。エフタル学生」

「オリエンテーションとは……つまりは合宿が始まるまで三日間は、教育官殿が授業を実施するということでよろしいでしょうか？　以上です」

そこで再度、教育官は大きく頷いた。

「ああ、その通りだ。合宿の厳しさを事前に伝えて、腑《ふ》抜《ぬ》けを排除するのがオリエンテーションの目的だからな。後『発言よろしいでしょうか』と『以上です』はもう必要ない。ぶっちゃけ面倒だからな。話が長くなって仕方ない」

面倒なんかいっ！

いや、まあ確かに長くなって仕方がないのは分かるけどさ。

「今のは儀式みたいなもんだ。手前らみたいなクソガキ共に大人に対する口の利き方を理解させるためには、開口一番にシメるのが一番いいからな」

あー、なるほどね。要はマウントを取るためだけのくだらない行為ってことね。

これは、やはりマーリンの言う通りに問題のある人物ということで間違いなさそうだね。

「つまりだ、俺はこの教室内で絶対の権力者だ！　躾《しつけ》のなっていないクソガキ共を恐怖で支配し、少しはまともな魔術師として使えるように指導してやるから感謝しろっ！」

——それで授業が始まってから三十分ほど経過した。

一時間目は魔術物理の基礎理論の座学だ。

教育官は黒板にビッシリと魔術式を書き込んでいたんだけど、ふと気になったので僕は教育官に質問をしてみた。

「教育官？」

「何だエフタル学生？」

「その計算間違えてますよ」

炎魔法における、対象までの距離と魔法威力に関する公式を導くまでの過程なんだけど、完全に間違えている。

実戦の本番では直接の役には立たないけれど、こういう基礎ってのは後々に響いてくるんだよね。

例えば、単純な物理の問題として遠投に適した角度は斜め上方四十〜四十五度だ。

けれど、感覚でそれを知っているのと、知識でそれを正確に知っているのでは話は全然違ってくる訳だ。

当然、こんな間違った公式の導き方をアナスタシアとマリアに覚えさせる訳にもいかない。

と、僕の言葉を受けて教育官は「フフッ」と笑った。

「間違えているだと？　オイ、テメエ？　誰に向かって口をきいてやがんだ？　そもそもな？　公式導出過程のこんな高度な計算式が一年次に分かる訳ねーだろっ⁉」

「……ちゃんと確認していただければ分かると思いますが。教育官は参考書等を見ずに公式を導いていましたよね？」

事実として、一年次では結果というか公式そのものしか教わらない。

何故《なぜ》に公式がそうなっているのか証明……導く過程は魔法大学院あたりで習うんじゃないかな？

まあ、要は教育官は僕達にいきなり難易度の高い授業をして、ビビらせようとしているんだろうけど——

「俺のレベルになると、そんなもんは完全に頭の中に入ってんだよ！」

「ともかく確認してみてください」

僕の言葉を受けて、ニタリ笑いと共に教育官は教員用の参考書を開いた。

恐らく間違っていないことを確認して、マウントを取りに来るつもりなんだろうね。

そして確認すると同時に教育官は見る間にその表情を青くさせていった。そのまま、教育官はしばらく教壇の上で立ち尽くし、コホンと咳払《せきばら》いをした。

「ま、ま……まあ二通りのやり方があるということだな」

と、そこでシラーッと冷たい視線を僕達が向けていることに気づいたのか、教育官はバンと黒板を叩《たた》いた。

「今のは俺のオリジナルの計算方法を貴様らに教えただけだっ！　どこの教科書にも書いてないことだからありがたく思えっ！」

僕達を威圧しているつもりなのだろう、精一杯に険しい表情を作り、教育官は僕を睨《にら》みつけてきた。

「おい、エフタル＝オルコットッ！」

「はい、何でしょうか？」

「魔法適性が皆無のゴミがここにいるだけ僥倖《ぎょうこう》だってのに、あまり調子に乗るなよ？」

いよいよこれは本当に面倒な人みたいだ。

僕が困惑していると「ダンッ！」と、コメカミに青筋を浮かべながら教育官は叫んだ。

「大人を舐《な》めるのも大概にしろ！　たまたま公式の導出法を知っていたみたいだが、そもそも貴様がここにいるのはマーリン学長のお気に入りだからってだけの話だろう？」

そのまま教育官は僕に歩み寄って胸倉を摑《つか》んできた。

「何をするんです……か？」

「オイ、テメエな？　テメエは体育会系ってのが分かっちゃねえ」

ん？　一体全体何を言っているんだこの人は？

「魔術師の世界ってのは基本は体育会系だ。上下関係の世界なんだよ！　それを教えるのも教育官としての務めなんだっ！」

まあ、魔術師の人間関係には、そういうところがあるのは認めないこともない。

そこの辺りは四百年前から変わらないことだけど……。そうして僕の耳元で教育官はボソッと呟《つぶや》いた。

「いいかクソガキ？　正しいかどうかなんてどうでもいいんだよ。先輩の間違いを指摘する時は恥をかかせないように、その場はスルーして後からコソッと言えばいいんだよ」

「……」

そこで遂《つい》に僕もカチンときた。

体育会系の理屈ではそれもアリかもしれないが、魔術師としてはそれはありえない。

正しさ……つまりは真理を捻《ね》じ曲げるということは、それは魔術師の風上にも置けない心のあり方だ。

確かに、魔術師の組織には体育会のようなところがあるかもしれない。

──が、それ以前に僕達は真理の探究者だ。

そんなことは魔法学院の一年次で、一番最初に習うことだというのに……。

そうして教育官は僕の胸倉を摑んだまま、半ば引きずるように入り口に向けて歩いていく。

「俺が小生意気な小僧に体育会の掟《おきて》を教えてやる。多少は痛い目見てもらうから覚悟しろっ！」


模擬戦用の教練室に連れて行かれた僕は防護服を着せられた。

そして、教育官は醜悪な笑みを浮かべてこう言ったんだ。

「今からやるのはちょっとした実戦訓練だ。俺は二十メートルの距離を置いてレベル2の風攻撃魔法を連打する。お前には魔法防御は許可するが反撃は許さんからな」

「攻撃魔法の連打ってどういうことなんですかっ⁉　しかも反撃できないって……っ⁉」

そんな模擬戦は聞いたことありませんよっ⁉」

マリアが抗議の声をあげるけど、教育官はニヤニヤ面で応じるだけだ。

まあ、この手の輩《やから》には何を言っても通じないだろう。

「魔法戦闘での遠距離対策の訓練をするだけだが？　だからちゃんと慈悲深く防護服を着させてんだろうが？」

「いや、でも、それじゃあ一方的にサンドバッグになるってことですよね？　エフタルが怪我《けが》をするかもしれないじゃないですか？」

「防御魔法の行使を認めているだろう？　怪我をすればそれまでの実力だったってことだ。俺は貴様らに二年次生の選抜メンバー並みの力があると聞いてここにいるし、それだけの実力があれば簡単に俺の攻撃をレジストできるさ」

「でも、一方的に滅多打ちってことじゃないですかっ！　そんなの酷《ひど》いですっ！」

そこで教育官は吹き出しそうになりながら、笑いを堪《こら》えてこう言った。

「じゃあこうしよう。最初のスタートは二十メートルの距離で始める。魔法以外の素手の攻撃なら認めてやるよ。そうしてこの小僧が攻撃魔法をかいくぐってここまで来て、俺を殴り倒せばそれで終わりだ」

「そんなの模擬戦としてフェアじゃないわっ！」

「だから模擬戦じゃなくて、遠距離魔法対策の実戦授業って最初から言っているんだがな？」

「でも、さっきは痛い目にあわせるから覚悟しろって言ってたじゃないですかっ！　模擬戦で痛い思いは分かりますけど……防御魔法の授業は安全第一が鉄則ですよねっ⁉」

「ああん？　痛い目にあわせる？　そんなこと言ったっけかなー？　年をとると物忘れが酷くてかなわんな」

そこでとうとう教育官は吹き出してしまった。

「はは、生意気なガキをシメるってのはいつやっても楽しいな」

どうやらもう、私刑《リンチ》であることを隠すつもりも無さそうだね。

「いいよマリア。心配してくれてありがとう。ともかく、僕はやるから」

そう言って、二十メートルのスタートラインと思わしき赤線まで僕は歩き始めた。

「それじゃあ十秒後に開始だ」

「はい。分かりました」

スタート地点に到着して、距離二十メートルで互いに向き合う。

そして教育官の口からカウントダウンの言葉が始まった。

「十、九、八、七、六、五、四――レベル2：風撃《ウインドアタック》！」

汚いっ！　カウントを三つも残して撃ってきたっ！

ってことでこっちもスタートだ。

とはいえ、僕は走らない。ただゆっくり、ゆっくりと教育官に向けて歩いていく。

「ははーっ！　食らえ食らえ！　俺の連打は半端じゃねーぞっ！　これを食らって音を上げなかったガキは三年次にも存在しねえっ！」

さっきは二年次生ならレジストできるって言ってたのに……。

まあ、確かに物凄《ものすご》い勢いで次々と教育官は風撃《ウインドアタック》を繰り出してきているね。

「風撃《ウインドアタック》！　風撃《ウインドアタック》！　風撃《ウインドアタック》！　風撃《ウインドアタック》！　風撃《ウインドアタック》！」

そして僕は風撃《ウインドアタック》の嵐を避《よ》けもせずに歩いていく。

一直線に、真《ま》っ直《す》ぐに、ただただ悠然と、ゆっくりと、無造作に。

「ははーっ！　あまりの連打に対処できずに防御魔法も張れないかっ！　どうしたどうしたーっ！　風撃《ウインドアタック》！　風撃《ウインドアタック》！」

僕は防御魔法を展開できないんじゃない。その必要がないからやっていないだけだ。

何故ならレベル２の魔法なんて、僕が常時肉体に施しているパッシブレジストだけで自動的に掻《か》き消せるんだから。

「風撃《ウインドアタック》！　あれ……？」

距離は十メートル。

悠々と迫りくる僕を見て、遂に教育官は様子がおかしいことに気づいたみたいだね。

「風撃《ウインドアタック》！　風撃《ウインドアタック》！　なんだこれ……？　新たな特別な魔力の動きはない。防御魔法を展開してもないのにどうして……魔法がレジストされているんだ？」

そりゃあ、新たな魔力の動きなんてないだろう。

だって、これは元から僕が僕に常時施している防御術式なんだから。

「な、な、何だ！　何だこいつ！　何だ⁉　何だ⁉　何なんだっ⁉」

いくら魔法を受けても微動だにせず、漫然とも言える動きでゆっくりと歩みを進めていく。

そんな僕に対し、遂に教育官の表情に恐れの色が走った。

「風撃《ウインドアタック》！　風撃《ウインドアタック》！　風撃《ウインドアタック》！　風撃《ウインドアタック》！　風撃《ウインドアタック》！」

一歩、また一歩と教育官に向けて歩を進める。

全ての攻撃魔法が僕に触れて、そしてただただ消滅していく。

「何だ⁉　何だ何だ⁉　何が起こってるんだっ⁉　風撃《ウインドアタック》！　風撃《ウインドアタック》！」

残り五メートル程度か。

僕は右手をグルグルと振り回して、思いっきり殴ってやるぞとばかりに、やる気満々の姿勢を見せる。

「何だ、なんだこいつ⁉　何だこりゃ？　おかしいだろおおおっ！　風撃《ウインドアタック》！　風撃《ウインドアタック》！　風撃《ウインドアタック》！」

そうして残り二メートル程度になったところで、教育官が下卑た笑みを浮かべた。

「喰《く》らえっ！　レベル4：圧殺風陣《デッド・プレッシャー》ッ！」

えーっと、レベル２の風魔法しか使わないんじゃないでしたっけ？

で、恐らくこれは教育官の使える最高難度の魔法だよね？

学生を相手に殺す気……か、こりゃあこっちも遠慮する必要はないね。と、まあとりあえずは防御か。

「……出力増加」

新たに防御魔法を組む必要もない。

けれど、流石《さすが》にレベル４を自動的に消すことはできない。

なので防御魔法は新たに発動させないけれど、発動している常時防御術式の出力を高めるという形で教育官のレベル４を相殺した。

「これも消えた……だと？」

消えたんじゃない。消したんだ。

まあ、何が起きているかすら理解してないっぽいし、教育官からすると頭の中はパニック状態だろうね。

そうして教育官の眼前に迫った僕は拳を振りかぶった。

「ははは――っ！　残念だな！　俺の祖父は東方の武家出身でな！　これでも徒手格闘術には自信があるんだ！」

どこまで汚い奴《やつ》なんだ。

っていうか、ここまでくると……もう、どちらかというと人間というよりは動物に近い思考回路なんだろうね。

なら、動物の躾《しつけ》と一緒で……力関係を正確に把握させる必要がある。

「不思議な力で魔法は無力化したようだが、物理攻撃はリアルだぜっ！」

と、唾を飛ばしながら、教育官は殴りかかってきた。

唾と一緒に、僕は教育官の右ストレートを大きく斜め前方に避ける。

うーん、確かに自信があると言っているだけあって、そこそこは速いかな。

でも、教育官程度では、セシリア姉さんの影を踏むこともできないだろう。無論、この程度の速度で僕を捕まえられる訳がない。

「はい、おしまい」

背後に回ってトンッと手刀を一撃。

「ぐ……が……ァ……っ！」

脳震盪《のうしんとう》を起こしたようで、教育官はストンとその場に倒れこんだ。

流石にコレで僕が只者《ただもの》ではないと理解してくれるだろう。

パンパンと手を鳴らしながら、僕はそんなことを思っていたんだけど――

――しかし、我等《われら》が教育官の思考回路は想像の斜め上すぎるということを、その時の僕は知る由もなかったのだった。

☆★☆★☆★

そして翌日――

・エフタル＝オルコットの素行不良について

そんな感じの題目で黒板にミッチリと色々、罪状らしきものが書かれていた。

要約すると――

・度重なる重大な授業妨害

・授業妨害を注意されたことを逆恨みし、他学生と教育官との模擬戦の最中にいきなり後ろから教育官に襲い掛かって怪我をさせる頭が痛くなる内容だった。

僕とアナスタシアとマリアが唖然《あぜん》としていると、教育官は勝ち誇ったように「ガハハ」と笑った。

「ということでテメエには謹慎を命じる。エフタル学生」

「えと、その……そんなの酷すぎます！　事実無根なんです！」

アナスタシアの抗議を受けても教育官は悪びれた様子もない。

「こいつは俺に逆らった、それは事実だろう？」

ああ、こりゃ駄目だ。

さすがにここまでの馬鹿がどうして教育官をやっているのか理解できない。まあ、そりゃあマーリンにも要注意人物って言われるよ。

「つまりだな、マリア学生と俺の模擬戦の最中に、コイツは背後から俺を襲って俺に怪我をさせたんだ」

「アナスタシアが言った通り、そんな事実はないじゃないっ！」

「事実なんてどうでもいい。俺が黒と言えば白いもんでも黒なんだよ。俺に反抗的な生徒など必要ないからな。それとなメスガキ共……？」

教育官はアナスタシアとマリアを交互に見て、下卑た笑みを浮かべた。

「今、こいつを庇《かば》う態度を見せていた貴様らも同罪だ。まあ、今日の夜にでも俺の部屋で、下着姿で酌でもすれば許してやらんこともないがな」

「ちょっとアンタ、それってマジで言ってんの？」

「さっきから何なんだお前らのその口のききかたはよ？　俺にそれだけ反抗的な態度を取ったんだ。絶対に下着で酌をさせるからなっ！　せいぜい俺の機嫌を取るために色気のある下着を選んで来い」

「……」

「まあ、酌以外のことをさせるかもしれんがな。ガハハッ！」

しかし、これは何というか本当に酷《ひど》い。

いや、こんなことを悪びれもせず堂々とやっているってことは、今まではこんなことがまかり通っていたんだろう。

つまりは立場を利用して徹底的にマウントを取ってくるスタイルは、ある程度は今まで通用していたってことだ。

そうして、威圧で縛って萎縮させてしまえば、後はしめたものって訳なんだろうな。

恐らく、こうやって……暴力と理不尽と恐怖で縛って、言うことを聞くだけの小僧や小娘ばかりを作り上げてきたんだろう。

当然、被害者は一人や二人じゃないはずだ。

なるほど、これは本当に捨て置く訳にはいかない。

俺も一応は弟子を取っていた手前、教育者の端くれでもある訳だしな。

と、そこでマリアが立ち上がり、コメカミに血管を浮かべて教育官に躍りかかろうとしたところで――俺はマリアの腕を摑《つか》んだ。

「やめとけマリア」

「……エフタル？　何かアンタ……雰囲気が……？」

不思議そうに俺を見るマリアには構わずに、その場で吐き捨てるようにこう言った。

「ここから先は俺が対処する」

☆★☆★☆★

――夜の教職員寮。

教育官の部屋のドアをコンコンとノックする。

「マリアにアナスタシアか？」

ドアノブがガチャリと回った。

「へへ、言うことを聞いてくれるなら俺は優しい男なんだぜ？　言いつけどおりに色気のある下着をつけて来たんだろうな――グギャッ！」

　ドアが開くと同時に鼻っ柱にワンパンをくれてやった。

　鼻骨が折れた感触……クソっ、汚ねえな。鼻血で拳が汚れたじゃねえか。

「えーっと……体育会系の掟《おきて》として、先輩の間違いを指摘する時は、恥をかかさねえように後でコッソリだったか？」

　床に転げる教育官の腹に蹴りを入れる。

「グギョハッ！」と奇声をあげて、その場で教育官は血の混じった胃液を吐いた。

「さて、仰せの通りにその場では指摘せずに、恥をかかせねえようにコッソリ来てやったぞ？」

「ガ、ガ……カハッ……ッ！」

　お？　どうやら前回の教練室で何も学んでいないと見える。攻撃魔法の動作に入ったみたいだ。

「レベル４：圧殺風陣《デッド・プレッシャー》っ！」

「全くもって雑な魔力運用だな」

　パチリと俺が指を鳴らすと、教育官の練った魔力が四散した。

　術式を途中で強制的にキャンセルされた教育官は「ハァ？」と首を傾げ、信じられないとばかりに大きく目を見開いた。

「な、なんだ？　本当に何なんだお前は？　どうして俺の魔法が効かない――レベル４‥圧殺風陣《デッド・プレッシャー》っ！」

会話の途中でいきなり攻撃……ま、性懲りもなくの、またまたの不意打ちってやつだな。

パチリと俺が指を鳴らすと、やはり教育官の練った魔力が四散した。

「あいにくだが、俺にはテメエの魔術は通用しないよ」

そこで「嘘《うそ》だっ！」とばかりに教育官は大きく息を呑んだ。

「そんな、そんな……っ！　指を鳴らすだけで魔法を掻《か》き消すなんて……そんなことはマーリン学長の次元の魔導でもないと不可能だっ！」

「あいにく、俺はマーリンの次元を超えてんだよ」

「そんな馬鹿……な？」

「出来の悪い犬の躾ってことでな、マーリンからは粗相をしたら半殺しにしてもいいって言われている」

「何を言って……？」

「今まで、生徒に対する犯罪行為を上手《うま》い事隠蔽してたんだろ？　ああ、それと魔法学院ってのは治外法権らしいな？　何でも……実力行使と処分の権限があるんだとか」

「そ、そ、それが……どうした？　とはいえ、ただの学生が処分権限なんて持っているはずが――」

そうして俺は這《は》いつくばる教育官の太ももを踏みつけた。

「グギャッ！」

「マーリンと俺はちょいと訳ありでな。犬の躾を頼まれたって言ったよな？　つまりは、殺さない限りは好きにやってもいいいってことらしい」

もう片方の太ももを踏みつける。

「ヒギイッ‼」

「制裁理由を言っておくぞ？　俺の目で確認した罪状はいくつかある。まずは模擬戦による学生の虐待だ。それと模擬戦でレベル４使ったよな？　危険行為及び重大傷害未遂だぞ」

「アビュバッ！」

続けざまに背中を踏みつけた。

「ヒギィッ！」

「次に女学生に対する猥褻《わいせつ》未遂……」

這いつくばる頭をサッカーボールのように蹴りつける。

「ガギヤギィッ！」

「たった二日でこれだ。今まで上手く隠してたんだろうが……やれやれ、本当に何でお前みたいなのが教育官やってんだよ。まあ、後でこってりとマーリンからも絞られることになるだろうがな」

　頭を踏みつけて、ぐりぐりと地面に押し付ける。

「グガッ……！」

「おい、それとな？　お前の口から汚い言葉を垂れる時は頭に『発言よろしいでしょうか』、最後に『以上です』を必ずつけろ！」

「は、はい……」

「発言よろしいでしょうかだろうがっ！」

　横っ腹を蹴り上げると、ホヒョッと冗談みたいな声で鳴いた。

「これからの合宿でのお前の一か月の仕事はただ一つだけだ。ただ教室の教卓に座っていりゃあいい。お前には任せられんからアナスタシアとマリアには俺が授業メニューを組む」

「……は、は、発言……よろしいでしょうか？」

「何だ？」

「ご命令了解いたしました……以上です」

「それでいい」と俺は頷《うなず》いた。

　ようやくこいつは俺という存在を正確に認識したらしい。

　こういう輩は一度上下関係と恐怖を教え込めば、後は絶対服従になるから……ある意味では扱いやすい。

「犬の躾《しつけ》に手間取らせるんじゃねえよ」

そうして、部屋から出て行こうとした俺は、言い忘れたとばかりに振り向いた。

「次からは『発言よろしいでしょうか』『発言します』、最後に『以上です』は要らないからな」

「え……どうして……でしょうか？」

そのまま俺はニコリと笑ってこう言った。

「会話が長くなって面倒だからに決まってるだろうが」

そうして、我らが教育官殿はガックリとうなだれて、俺の言葉に「分かりました」と力なく呟《つぶや》いたのだった。

で、俺は一件落着とばかりに部屋に戻ろうとしたんだが、途中で面倒な奴《やつ》に出会っちまった。

「ほう……この前の小増か。少し話をせんか？」

「……夜分ですので、それに部屋に急いで帰らないと。お話があるなら明日にでも……それでは」

話に取り合わずに消えようとしたところで、サーシャは「くっく」と笑った。

「我にとっての夜半はお主らの昼間なのじゃがな、ほんにこの体は人の世の理《ことわり》には適しておらぬの……まあいい」

そうして俺は部屋に戻ろうと廊下の脇を通ろうとしたんだが、腕をサーシャに掴まれた。

「まあ待て、ところで、あの時は気づかなかったのじゃがな……」

「何でしょうか？」

「どうしてヒヨコの中に猛虎が隠れておるのじゃ？」

「……言葉の意図を測りかねますが？」

「どうじゃ、教練室に一緒に行かんか？　ここ四百年というもの本気を出せる相手がおらんでな……お主は中々に面白そうじゃ」

サーシャの金色の瞳が煌《きら》めき、ゾクリと俺の背中に冷や汗が伝う。

そうして、俺は緊急避難的に僕の方に意識を強く移すことにした。

恐らくは、俺の気配を強く嗅ぎ取って、こいつは俺に絡んでいるんだろうからな。

「本当に意図を測りかねますが？」

するとサーシャは「はてな？」と小首を傾げる。

「やはりヒヨコ……か？　くはは、すまんすまん。こんなところに虎がおる訳もありゃあせんか。どうにも最近は老眼が激しくてかなわん」

「それでは失礼しました」

「ところで小童《こわっぱ》？　二重人格の類とは思うが、お主がマーリンの言っておった麒麟児《きりんじ》じゃろ？　面白いものが見れるということで我は今回の合宿に呼ばれておる」

本当に喰《く》えない人だね。

とりあえず、こんなのを相手にしていては精神疲労的によろしくない。

「さあ、仕合おうか小童？」

さて、困った。もう一度……俺の方の意識を強く出そうかな？

エフタル君のままではサーシャの相手は荷が重すぎるしな。

「……」

僕が黙っていると、サーシャは「くはは」と笑い、そうしてそのまま廊下を向こうに歩き始めた。

「とは言え夜半よな。寝る子は育つ……睡眠を邪魔するのも悪い。今日のところはこれで引くが、中々に楽しい合宿になりそうじゃ。お主には頃合いを見て直《じか》に稽古をつけてやろう」

「その際はお手柔らかに」

そうして僕は部屋に向かって退散したのだった。

で、部屋に戻るとぐっしょりとシャツが濡《ぬ》れていて、「やっぱりあの人は苦手だ……」と僕はガックリとうなだれたのだった。

雷神皇の権威を使ったら速攻でデレた件

そして、いよいよ明日から合宿となったんだけど——

「おい駄犬。合宿所から帰ってきたら、貴様の家はあそこになる。今後は食事も外だ」

その日の夕食、マーリンが突然アナスタシアにそんなことを言い出した。

「あの、えと……これは……何ですか？」

マーリンに促され、僕とアナスタシアは中庭に目を向ける。

すると、晩餐《ばんさん》室の窓から見える中庭に新しく建設中の犬小屋が見えた。

「マーリン？　これは一体どういうことなんだい？」

そこでマーリンは天井を見上げ——儚《はかな》げに言った。

「エフタル様？　今まで黙っていましたが、実は私は見ていたのですよ。犬小屋の建築の手筈《てはず》も整いましたし、そろそろ色んなことをハッキリさせておこうと思いまして」

「見ていた？　何を？」

「あろうことか青龍《せいりゅう》の事件の後、この駄犬はエフタル様の……く、くっくちび……唇

「……を……っ！」

あ、アナスタシアに不意打ちでキスされたの見られてたんだ。

こりゃあどうやらちょっとばっかり恥ずかしい現場を見られちゃったみたいだね。

「エフタル様っ!?　アレは一体どういうことなのでしょうか？　説明を求めますっ！」

「まあ、不可抗力と言うかなんというか……」

そこで呆《あき》れたようにマーリンは肩を落とし、アナスタシアをキッと睨《にら》みつけた。

「とにかく、駄犬は犬小屋です。食事も外でとってもらいます」

「いや、それはちょっと酷《ひど》いんじゃないかな？」

「エフタル様の貞操を心配してのことです。これは絶対的に必要な措置です」

「いや、貞操って言われても……」

取り付くシマがないという感じで、矢継ぎ早にマーリンは言葉を続けていく。

「ただでさえ美少年な上に、エフタル様は人類最強クラスの御方《おかた》です。その貞操をこのような駄犬で散らせるなどと、己《おの》が童貞の価値について、是非ともご一考ください」

「マーリン。僕には君が何を言っているのか分からないよ」

童貞の価値って……。いや、でも今回の人生では確かに童貞か。

「このような駄犬にエフタル様の童貞が散らされるなど断じて認めません」

「百歩譲って僕とアナスタシアがそういう関係になったとして、それは僕の自由意思じゃないかな？」

「なりませんっ！　雷神皇の童貞なのですよっ⁉　ふさわしい相手というものがありますっ！　それならば、それならばいっそのこと——」

「いっそのこと？」

マーリンは押し黙った。そして一呼吸置いて、息を大きく吸い込んでこう言った。

「私が初夜のお相手をしましょうっ！」

ノータイムで僕はゴンッとマーリンの頭にゲンコツを落とした。

「馬鹿なこと言ってるんじゃないよマーリン。怒るよ？」

「しかし、エフタル様……雷神皇の初めての相手となれば魔術の実力が求められます」

「実力は全然必要ないと思うんだけど……」

「と、ともかくですね、私としては年頃の男女を一つ屋根の下というのは同意しかねます」

「まあ確かに同じ部屋とかならさすがに不味《まず》いと思うけど、今と一緒で隣の部屋って訳にはいかないの？　ちょっと堅苦しいんじゃないかな？」

「ダメです」

ピシャリと言い放たれてしまった。

「じゃあ、僕は二階で寝てるからアナスタシアは一階って訳には？」

「ダメです」

と、やはりピシャリとやられてしまった。

「せめて食事位は一緒でいいんじゃない？」

「絶対にダメです。私も学校の校長で教育者です。不健全な男女交際は認められません」

「あ……うん……」

押し切られてしまった。まあ、昔から言い出したら聞かなかったもんな。

そういえば僕が病気になった時、無理やりにタバコをやめさせられたっけ……。

「ちなみにアナスタシアの食事を外でさせるってどういうこと？」

「これを外で食べさせます」

マーリンはパチリと指を鳴らした。するとメイドさんがやってきて、テーブル上に皿を一枚置いた。

「ペットフードッ!?」

「駄犬にはこれで十分なのです」

　いやいやいや……これはマーリンは本当に怒っているな。

「でも、どうして以前のことを急にそんなに目の仇《かたき》に……？」

「先ほども言いましたが、犬小屋設置後に諸々《もろもろ》の処理をしようと黙っていました。そして、今——思い出したら腹立ってきたという、そういう状態なのですっ！」

　まあ、思い出したら腹立ってきたっていう現象そのものについては否定はしない。

　でも、たかがキス位で怒らなくても……っていうか、よくよく考えずともマーリンが怒る理由もそもそもないよね？

　と、そこで更にマーリンは懐から何やら怪しげなアイテムを取り出した。

「これは何？」

「ネコミミです」

「ね、ね、猫耳？」

「ええ、その通りです。猫耳です。駄犬には獣耳がお似合いなのです」

「仮にそうだとしても犬耳をつけるべきだよねっ⁉」

「ともかく——」

　そうしてマーリンはアナスタシアに猫耳を装着させた。

「さあ、駄犬っ！　これで貴様は完全に犬だ！　今すぐ『わん』と言えっ！」

　困惑したアナスタシアは僕のほうに視線を向けてきた。そして頰《ほお》を赤らめて、その場で

小首を傾げて恥ずかしそうに──

「……わ、わ、わ……わん……っ！」

不覚にもちょっと可愛《かわい》いと思ってしまった。

が、この視線は僕に助けを求めているという判断でいいだろう。

僕は大きく頷《うなず》いて、アナスタシアにこう言った。

「アナスタシア。流石《さすが》にこの扱いは酷い。後で僕からも言っておくけど、アナスタシア自身もここはマーリンに言い返した方がいいよ。なあに、相手がマーリンだからといって怖がらなくてもいいさ。今回、僕は君の味方なんだからね」

言葉を受けて、アナスタシアは僕に向けて不安げに尋ねてきた。

「本当に言い返してもいいんです？」

「ああ、言い返すんだ」

「本当の本当に言い返してもいいんです？」

「ああ、いや……むしろ威嚇する位の勢いで言った方がいいかな」

「い、い、威嚇ですか？」

「ああ、マーリンの方が目上だけど、これはやりすぎだ。舐《な》められるとずっとこのままだよ？」

「でも、でも、私……」

「嫌なことは嫌って言えって前に言ったよね？」

「……頑張ってみます。私、頑張ってマーリン様に逆らってみます」

この子の引っ込み思案はかなりの悪癖だからね。

だから、ここは僕も心を鬼にして、一旦は自分で言い返させてみようと思った訳だ。

「そうだ、その意気だ！　頑張れアナスタシア！」

しかし、言葉とは裏腹に、やはりマーリンにビビッているらしいアナスタシアはオドオドと不安げな表情だ。

「威嚇……そして、私は今は猫耳……いや、今、私は獣……なら、獣の威嚇の方法は……これしかないんですっ！」

自分に言い聞かせるような感じで覚悟を固めている様子だけど……アナスタシアは何を言っているのだろう？

一体全体、獣の威嚇ってどういうことなんだ？

と、そこで、彼女は大きく息を吸い込んで、やはりビビッているらしく遠慮気味に控えめに——蚊の鳴くような小さな声でこう言った。

「……が、が、がおー！」

　僕とマーリンはしばし絶句し、その場でコケそうになった。

　そしてアナスタシアは割と自信満々の表情を作って僕にこう言ってきた。

「頑張りましたっ！」

「ま、ま……まあ、精一杯の努力の跡は窺《うかが》えるね」

　と、そこでマーリンがアナスタシアを睨《にら》みつけて舌打ちをした。

　って、マーリンはどうしてこんなにアナスタシアに突っかかるんだろうか。

　そういえば昔の僕の妻にもマーリンはやたらと反抗的だったし……同性が苦手なのかな？　と、何とも言えない気持ちになっている時、アナスタシアが半笑いでこう言った。

「マーリン様？　もう私は今ので吹っ切れたんです。つまりは、私は未《いま》だに奴隷扱いなんです？」

「いや、罪人扱いだ」

　罪人って……。僕が引き気味になっていると、アナスタシアがマーリンを睨みつけた。

「私は人間なんです。エフタル様が以前に……もう我慢しなくてもいいとおっしゃったんです。嫌なことは嫌だって……素直になれって。だから、私はこれからはちゃんと自分の意見を言おうと思っているんです」

「ほう、私に逆らうと言うのか小娘？」

「いかにマーリン様と言えど、この扱いはあまりにも酷すぎ……です」

「いいだろう。この家での序列がどうなっているのか——貴様の体に刻み込んでやろう」

「せめて一矢……報いてみせるんですっ！」

そうして二人は地下の模擬訓練施設へと消えていった。

で、そのスキに僕はメイドさんに頼んで、マーリンがいない時にアナスタシアの食事は僕達と同じものを、屋敷内で出すように指示した。

それと、犬小屋はあまりにも可哀想《かわいそう》だったので、六畳位の大きさの小屋にしてもらうように大工さんの手配もした。

確かにアナスタシアは不意打ちでキスをしてくるような子なので、一つ屋根の下だと間違いが起こらないとも言い切れないしね。

恐らくマーリンとしては、今後は妹弟子としてアナスタシアを厳しく指導していくという意思表示での今回のことなんだろう。

そのためにマーリンは敢《あ》えて心を鬼にしているんだ。

きっとそうだ。うん、そういうことなんだ。

——深く考えると面倒そうだったので、そういうことにしておこう。

そしてその日の深夜——

僕の寝室に訪れたマーリンはいつになく真剣な表情だった。

「ん？　夕食の時みたいにおふざけって感じではなさそうだね」

マーリンを部屋に入れて、生活魔法でポットのお茶を温める。

僕が二人分のカップを用意しようとしたところで、慌ててマーリンは「困ります」と、自分で用意を始めた。

そうして、温かいお茶を飲んで一息ついたところでマーリンはこう切り出してきた。

「あの……何故《なぜ》にあの小娘にあそこまで肩入れをするのでしょうか？」

「アナスタシアのこと？　マリアのこと？」

「マリア……ですね。エフタル様はあの小娘に振り回されているように見えますので」

そうして僕は小首を傾げて「クスッ」と笑った。

「何故に肩入れするかと言われれば、肩入れすると決めたからと答えるのがシンプルだろう。っていうか、理由なら既に君も知っているだろうマーリン？」

マーリンはティーカップの中に目を落とし、まつ毛を伏せた。

「奥方様……ですか」

「同じ森出身のエルフで、あれだけ似ているんだ。放っておけという方が無理だと思わないか？」

「まあ、恐らく、遠く血縁もつながっているでしょうね」

「ああ、これも何かの縁だ。できることなら彼女のやることには協力したい」

そうしてマーリンは一瞬だけ唇を噛《か》んで、眉間に皺《しわ》を寄せて――けれど、すぐに優しい微笑を浮かべた。

「エフタル様は昔から奥方様に甘いですからね。ふふ、伝説の開祖の四皇が奥方様の尻に敷かれてたって、今の魔術学会に知られれば激震が起きますよ」

「はは、相変わらず、ブリジットのことになると手厳しいねマーリン」

と、しばらく二人で笑った後、マーリンは急に真顔を作った。

「しかし、それが理由としても……合宿にまで付き合う必要はなかったのでは？　エフタル様は今世で最強を目指す者であり、回り道をされるのもどうかと……」

「ああ」と僕は頷いた。

「当然、マリア以外にも、合宿に付き合うのには理由があるよ」

「と、おっしゃいますと？」

「炎神皇の存在は脅威だ。あの時代の僕ですら敵《かな》わなかったし、魔法適性の問題もあるだろう？　今のまま、魔法を練り上げたとしてもマックスはかつての僕だ」

「ええ、それはそうでしょう」

「しかし、僕は現世で剣術という力を得た。なら、そこを磨いて魔法剣士として炎神皇に対抗する力を得たいんだ。それで、雷神皇祭《エフタル》について調べたんだけど、アレの最終勝者のチームは学院そのものの代表になるんだよね？」

そこでマーリンは「なるほど」と頷いた。

「雷神皇祭を制し、魔術学会本部で行われる学院対抗戦に出場する……ということですね」

「同時期に魔術学会の重鎮が集まるんだろ？」

「と、いうよりも表彰の関係もあるので、最初に魔術学会のタイムスケジュールありきで、そこに合わせて学院対抗戦以外にも色んな魔術のイベントが行われますね。まあ……優秀な若手を集めて、重鎮達が激励して刺激を与えるという趣旨です」

「そんなところだろうね。僕としても今の四皇の姿も見たいし、それに何より――」

「ゲストの剣神皇ですか？」

「ああ、どうにかして剣神皇とコネを作って、師事を乞いたい。普段は世捨て人のような生活をしているって話なんだろ？　マーリンのコネでも会うのは無理そうだし、その場が一番固いんだ。だからマリアと僕の利害は一致する」

「が、あの二人は所詮は一年次です。その中では飛びぬけて優秀であることは認めますが……雷神皇祭の本選の決勝は五対五の団体戦です。エフタル様お一人の力だけではどうにもなりませんよ？」

「勝ち残り戦であれば僕一人で全員倒せば終了なんだろうけどね。まあ……人数が足りなくて不戦敗だとしても二敗で、残り三人が勝てば優勝だ。だから、本選までにあの二人を叩《たた》き上げることにしたって訳だね」

「なるほど分かりました。――けれど」とマーリンはニコリと笑った。

「何故にエフタル様は、そこまで肩入れするマリアの命をお見捨てになるようなことをなさるのでしょうか？　エルフと神獣と生贄《いけにえ》についてはご存知《ぞんじ》ですよね？」

「知らない訳はない。ただ、歪《ゆが》めちゃいけない理由がそこにはあるからだよ」

「歪めてはいけない理由？」

「ああ、それはね――」

――少し、長い語りになった。

それは冒険者ギルド時代の話だ。

マーリンと出会う前、魔王討伐戦の更に前、それは今から四百数十年前の、それはもう御伽噺《おとぎばなし》のような時代のお話。

僕が妻のブリジットと出会い、そして恋に落ちて……そんな頃の、とりとめもない過去の失敗。

そうして全てを語り終えて、マーリンは絶句した。

「そんなことが……？」

「ああ、だから、僕は今は動けない」

と、まあ——。

そんなこんなで、その翌日から、僕とアナスタシアの合宿所での生活がスタートすることになったのだった。

☆★☆★☆★

で、僕達の班は合宿所に向かうことになった。

ちなみにそれぞれの班は別々の場所から単独で大森林を突っ切って、合宿所に向かうことになっている。

まあ、冒険者ギルド的な意味でのサバイバル訓練も兼ね、合宿所への自力到達が申しつけられたっていうのが今回の遠足の理由だね。

モデルコースの危険性でいうと、魔法学院の二年次のクラス代表なら怪我《けが》もありえるってところかな。

合宿中も合同遠足的なことはちょくちょくさせられるみたいだし、説明会の時に一年次生では怪我をするって言われていたのもこれが原因だろう。

それと、訓練目的としては他に野営と夜営の経験をさせるってことだろうね。

実際問題、普通にルートを行くと確実に一晩をテントで明かすことになる日程に調整されているし。

そうして僕達は合宿所に向かっていたんだけど――

「ハァ？　どうして私がアンタの組んだトレーニングメニューに従わなくちゃいけないの？」

そんなことをマリアが言い出したのは学院を出て直後、休憩中に僕がトレーニングメニューの書かれた紙を渡した時のことだった。

「ったく、ちょっと甘くするとつけあがって……確かにアンタは私よりも優秀かもしれないけど、あくまでも対等な関係なのよ」

「じゃあ、あの教育官から学ぶのかい？」

あ、ちなみに、僕等の担任の教育官は合宿所では自室に引きこもってもらうことになっている。

この合宿が終わったら、マーリンによる矯正指導の後、反省の色が見られれば教職復帰っていうことだ。

まあ、僕の顔を見るたびに「ヒイッ!」と小さく悲鳴をあげる程度には、痛い目をみてくれているので真人間になることを祈っておこう。

と、それはさておき、僕の言葉でマリアはキョドッた様子になったけど、すぐにコホンと平静を取り戻した。

「私クラスの天才になると、自主トレの方が効果が上がるのは当たり前の話だと思わない?」

一定以上の実力と知識のある者であればそれはそうだろう。

誰かに受動的に教わるよりも、自分で積極的に書物に当たり、実践に当たり、自分に合った方法で学んだ方が効率はいい。

ただ……と僕はため息をついた。

「基礎を全て理解している者の場合はそうだけど、マリアがその域に達しているとは到底思えない」

と、僕の素直な感想でマリアは顔を真っ赤にした。

「ハァ? アンタ本当に調子乗ってんじゃないの? 同い年の癖に大人の指導者みたいなその言い方……頭にくるわねっ!」

プリプリと怒りだして、マリアはその場から立ち上がった。

「どこに行くんだ？」

「トイレよ。文句あんの？」

そう言われてしまっては何も言い返せない。

と、そうしてマリアは草むらの奥に消えてしまった。


――そして一時間後。

「さて、困ったな」

マリアが戻ってこないので捜索に繰り出したんだけど、そこには手紙が置かれていた。

曰《いわ》く――

『私は一人で何でもできる。その証明として一人で合宿所まで辿《たど》り着いてみせる。これは勝負よ！　せいぜい私よりも早くに合宿所に辿り着くことね。そうすれば言うことも聞いてあげるわっ！』

うん、面倒くさい。

本当に厄介な性格だな……と僕が深いため息をついていると、アナスタシアが恐る恐ると問いかけてきた。

「ここは魔物も出る森ということなんです。マリアさんは大丈夫なんでしょうか？」

「普通ならあの子の力であれば大丈夫。だけど大丈夫じゃないから僕はさっきため息をついた訳だ」

「どういうことなんです？」

予想通りに神獣の影響で魔物の大氾濫が近い。

と、いうか局地的に発生した強大な魔力に追われた厄介な連中が、森の最深部からこの近辺まで追われて出てきている。

索敵魔法をさっきから展開しているんだけど……ビンゴみたいだね。マリアは気づいていないけど、遠巻きに彼女は既に囲まれている。

二年次生は実はサーシャが陰から護衛しているので問題ない。マーリンが師匠を呼んだのも、恐らくは大氾濫絡みで学生の安全を確保する為《ため》だろう。特にあの人は講義やらはしないみたいだしね。

そして、僕がいるここは……サーシャの護衛の守備範囲外となっている。

「レベル9：絶対聖域《サンクチュアリ》」

その場に魔除《まよ》けの結界を張る。

これで低レベルの魔物であれば結界に触れた瞬間に蒸発する。

それにたとえ、以前にやりあった青龍《せいりゅう》の次元の化け物でも、この結界の中で大人しくしている分にはこちらを察知することもないだろう。

「結界……なんですか？」

「ああ、僕が戻るまで絶対にこの中から出ちゃダメだよ」

「それではご主人様は？」

「マリアを迎えに行ってくるよ」

とはいえ、マリアは本当に厄介な魔物に囲まれている。

恐らく、連中はレベル３や４では到底追い払える訳もないような魔物だ。と、なると
……やはりあの案しかないのか。

しかし、まさかサーシャが師匠だったことがこんなところで役に立つなんてね。

そう思い、僕はウンザリと肩をすくめた。


そして数分後。

飛翔《ひしょう》魔法でマリアの進行方向上に先回りした俺は、切り株にどっしりと腰を落とす。

すると、木漏れ日が所々に落ちる深い森の道を、鼻歌交じりのマリアがこちらに向かって歩いてきた。

「おい、そこの娘」

「はい、何でしょうか？」

マリアに敬語を使われるとちょっと気持ち悪いな。

いや、この姿なんだから敬語を使われるのは仕方ないんだけどさ。

「……あの、私とどこかで会ったことありますか？」

訝《いぶか》しげな表情でマリアは小首を傾げ、俺はコホンと咳払《せきばら》いを一つ。

「いいや、会ったことはない。ところで、どうして娘が一人で？」

そう、今、擬態の魔法で俺は前世の姿を取っているんだ。

現在、周囲を囲んでいる魔物は目立たない方法での駆除は難しい。

で、どうせ目立つのであれば雷神皇の肩書きを利用しようと思ったのだ。

と、いうのもここは俺の師匠であるサーシャの住居のある森だし、サーシャは自らを吸血鬼化させる程度にはネクロマンサー系の術にも精通している。

——つまりサーシャが雷神皇であるエフタルを、期間限定で現世に召喚しているという言い訳は成り立つ。

まあ、召喚理由はサーシャが強すぎるので稽古相手に困ったとか、そんなのでいいだろう。

もちろん、死者を生前の理性を伴って呼び戻すなんて大変なことだ。

　理論上は実際にそんなことはできないんだけど、まあマリア相手なら……サーシャという隠れみのがあれば、それで騙《だま》せるだろう。

　ひょっとするとサーシャならそれに近いことをやっちゃうんじゃないかという可能性を、俺ですらも思ってしまう位には――あの人は規格外なのだから。

　と、それはさておき、可能であればやはり目立ちたくないよね。雷神皇であることを伏せることができるのであれば、できれば伏せたい。

　と、いうことで俺はまたコホンと咳払《せきばら》いした。

「俺はソロの冒険者でな。普段は森の深部で魔物狩りをやっている」

「一人で？　と、なると相当な実力者ってことですよね？　えーっと……お爺様《じいさま》？　おじ様？　どちらのほうがいいでしょうか？」

　まあ、年齢的にも見た目的にも微妙なところで死んだんだよね。

　でも、お爺ちゃん扱いというのも心外だな。

「おじ様でいいよ。で、俺には学生のお前がここを歩いていることは自殺行為に見えるんだがな？　単独行動は一人前の力をつけてからにしたほうがいいぜ」

「自殺行為？　この辺りは魔物も弱いしエルフからすると庭みたいなものですけど？」

　マリアはプクリと頰《ほお》を膨らませて、薄い胸を張った。

「それに一人前じゃないって失礼じゃないですか？　子供だからって舐《な》めないでもらいた

いです——きゃっ⁉」

と、俺はマリアに駆け寄って、その体を抱きかかえて飛んだ。

すると、さっきまでマリアが棒立ちしていた空間に影が物凄《ものすご》い勢いで横切っていく。

「あれは……魔鳥ガルーダ？」

黒色の鳥の大きさは大鷲《おおわし》の二倍ってところかな。

確かにマリアの言葉通り、普段はこの辺りでは出ないはずの魔物だ。

しかも厄介なことに目が血走っている。どうにも、森の奥の餌場から追いやられた関係でよほど腹が空《す》いているらしいね。

危険度的には、現代の魔法学院生程度であれば、多少優秀でも数分も経《た》たずに血達磨《ちだるま》にされてしまうってところだろうか。

「さて……」

と、俺が宙を舞うガルーダを睨みつけると、マリアが俺の前に出てきてガルーダに向き合った。

「一人でできますからご心配なく。それに、武器も弓で相性がいいですし」

言葉と同時にマリアはガルーダに向けて矢を放った。

「レベル1：ウインド付与」

確かに鳥系の魔物はスピード勝負の回避特化ばかりだ。

耐久力が弱い種族ばかりで、当ててしまえばどうということはない場合が多い。

マリアの弓の腕は確かなようで、効果的に魔法も乗せているが――

「……え？　嘘《うそ》？　当たったのに？」

が、ガルーダは低位とはいえ防御魔法を使える。

確かに、マリアの矢はガルーダに突き刺さったが、絶望的に火力が足りていないんだ。

傷にしても、肉に少し突き刺さった程度だ。致命傷にはなっていないし、行動不能にも程遠い。

そうして、返礼とばかりにガルーダがマリアに突進し、その肩口に爪で掴みかかってきた。

「きゃあっ！」

「おい、娘？　まだ一人でできると言い張るのか？」

俺の問いかけにマリアはニヤリと笑って――

「ええ、言い張りますよっ！」

「おい、この馬鹿っ！」

マリアはガルーダに両手で掴みかかり、その首根っこを捕らえた。

当然ながら爪やクチバシで反撃を受けて、瞬く間に顔から何から裂傷だらけになっていく。

だがしかし……マリアは攻撃を受けながらも、片手ナイフをガルーダの腹に差し込みやがった。

「グゲゴッ！」

ガルーダが奇声をあげると同時に、更にナイフでもう一撃を加え、その首を刈り取る。

そして、俺はため息をついた。

――自爆上等って戦い方だね。

爪とクチバシを武器とする相手に摑みかかって、近接で一撃必殺。

でも、それは相手にとってもそのままの意味で必殺の間合いだった。もしもマリアが目玉でも突かれれば、即死は無くても致命傷まであった状況だったんだ。

そういう戦い方は、嫌いじゃない。けれど長生きできるものではない。

命を張る局面でもないというのに……馬鹿な子だ。

「おい、娘？　そんな戦い方をしていると早死にするぞ？」

「あいにくですが、勝てる勝負に……私は逃げる背は持ち合わせていないので。これで証明できましたよね？」

「証明？」

「私がここを歩いていることが自殺行為ではないって。私が一人前の実力を持っているってね」

馬鹿な子だ。

そんなことを通りすがりの冒険者に認めさせるために、危険を承知で無茶《むちゃ》な戦い方をしたっていうのか？

と、その時――再度、黒い影が森の中を飛び回り始めた。

気が付けば五体のガルーダが周囲を舞っていた。横目で見るに、さすがのマリアの表情にも怯《おび》えの色が走っているようだ。

「まだ、できます。私は何でも一人でできる……いや、やらなくちゃいけないんです。勝てる相手に逃げる背は……」

更に影が増えていく。

瞬く間に宙を舞う影は増えていき、十を超えたところで俺はマリアに再度声をかけた。

「これでも……勝てる勝負なのか？」

「……どうしてこんなところに……こんなに大量のガルーダが……こんなの学生でなんとかできる訳……ない」

「なら、選手交代だ」

呆然《ぼうぜん》としているマリアの肩をポンと叩く。

そして俺は掌《てのひら》を正面に向けてこう言った。

「レベル６：風千突《サウザンド・スラッシュ》」

周囲に無数の風の矛が舞い、限定範囲の空間に千の刺突が繰り出される。

それは正に風槍《ふうそう》の結界と表現してもいいだろう。無論、瞬く間にガルーダ達は体中を貫かれていく。

「ギャッ！」

「シャアアア――――ッ！」

ドサリドサリとガルーダが落ちていき、そうして俺はマリアに向けてニコリと笑った。

「まず、お前は身の程を知るところから始めないとな」

「レ、レ、レベル6……？」

マリアはその場で尻もちをついて、信じられないとばかりに大きく目を見開いた。

レベル6位の魔法を使用するのなら、超凄腕《すごうで》冒険者と言うことで言い訳は立つ。

まあ、これ以上の高レベル魔法を使えば、流石《さすが》に雷神皇だと名乗らないと言い訳が苦しくなるので、できれば使いたくない――と、そこで俺は舌打ちをした。

どうにも、そうは問屋が卸してくれそうにない。

「次から次に忙しいな――おい、娘。まだ油断するな。終わっちゃいねえ」

俺とマリアの視線の先では、コカトリスという名の厄災級の魔物が赤い眼光を放っていた。

龍《りゅう》と鳥の中間のような見た目で、相当なレベルの化け物だ。

今の時代で言うと……討伐するにはフレイザー兄さんが一ダース以上必要となるんじゃないかな？

――つまり、俺でも割と面倒だ。

「さて、仕方ないな……ちょっと本気を出すか」

「おじ様がいくら強くたって……相手はコカトリス！　騎士団か冒険者ギルドに大規模派遣の要請でもしないと無謀ですっ！」

今では処理に治安維持組織の全力が必要になってしまっているのか。

俺達の頃は上級冒険者パーティーが何組かいれば、それで何とかなるクラスだったんだけどな。

と、何だか悲しい気持ちになりながら、刀を抜こうとしたところで――コカトリスの瞳が紫色に変わり、俺とコカトリスの目と目が合った。

「きゃあああああっ！　石化のっ！　石化の魔眼っ！　お、お、おじ、オジサマアアア！」

マリアの悲鳴が聞こえると同時、コカトリスは「クック」と笑い始めた。

「我が名はコカトリス。古代の魔鳥也《なり》」

コカトリスは紫の瞳で俺を睨みつけながら、俺に一歩、また一歩と近づいてくる。

「我が石化の魔眼は絶対の能力。如何《いか》なる者も目が合えば石化からは逃れられぬ」

「しゃ、しゃ、喋《しゃべ》った⁉　コカトリスが喋ったっ⁉」

「高位の魔物は人語を解す。見るに、貴様は魔導を志す書生に見える。さようなことも知らぬ者が増えたとは……人の世も末だ。かつては我らを脅かすような強者揃《つわものぞろ》いだったというのにな」

そのままコカトリスは俺の眼前に迫って、大きく頭を仰《の》け反《ぞ》らせる。

恐らくは、クチバシによる攻撃をするために……人間で言えば振りかぶっているという風なところだろう。

「こやつは今は我が魔眼……石化途中で動けぬ。完全石化を待ってから粉々に破壊してくれよう。そして──その次は貴様だ小娘」

「クック」と笑ってコカトリスは更に言葉を続ける。

「こやつの心臓はすぐに停止し、石化の術が全身を巡り、残り数十秒で──アビュッ⁉」

言葉の途中だけど、おあいにく様。

──渾身《こんしん》の前蹴りをドテッ腹にくれてやった。

「ゴブファ──────ッ！」

コカトリスは十メートルほど吹き飛んでいき、そのまま俺は刀を抜いた。

「生憎《あいにく》だが俺には魔眼系は効かねえ」

結局のところは、魔眼も状態異常魔法の一種だからね。

四皇と呼ばれる程度には魔導を修めている俺に、その手のレジストができない訳もない。

しかし、これは一般人にはショッキングに過ぎるレベルだろう。もう高ランク冒険者とか、そういうことでは言い訳はできない。

「逆に言えば、これでもう隠す必要もなくなったということか。なら、ここから先は全力でいかせてもらう」

「お、おじ様！　ダメ！　もう駄目っ！　逃げ、逃げま、逃げましょ――」

更にマリアの悲鳴が聞こえてきた。

ああ、なるほど、これは怯えるのも無理ないね。何しろ追加でコカトリスが三体現れたのだから。

うーん……恐らくは、この森の魔物社会はこの四体で仕切っていたんだろうな。

それがこんなところまで追い出されてきているとは……これはもう、最深部では神獣が完全に復活しかけているとみて間違いない。

が、今はその件については一旦保留だね。

「さて、いきなりだがサヨウナラだ。鳥アタマッ！」

俺としてもこのクラス複数とまともにぶつかると非常に面倒だ。そして、こいつらが総数四体なのも最初から知っていた。

だから、さっき……石化の魔眼で動けないフリをして、術式を練り上げていたんだ。

──そう、一撃で全てを終わらせるためにね。

そのまま、俺は掌を前方に掲げて、等しくその場にいる全てのコカトリスに雷神による死を告げた。

「──レベル10：雷神皇《エフタル》っ！」

そして一面は青白い閃光《せんこう》と轟音《ごうおん》に包まれた。

☆★☆★☆★

「と、そういう訳で俺はここにいるって訳だ」

「でも……そんなことって……」

マリアには嘘を吹き込んだ。

サーシャの稽古相手として、雷神皇が死亡した月の毎週金曜日に復活させられているという感じにね。

実際問題、無茶苦茶《むちゃくちゃ》に荒唐無稽な話だ。けれど、レベル10：雷神皇《エフタル》を実際に使用したという事実もある。

「むぐ……でもレベル10……黄泉返《よみがえ》り……そんなこと……そんなこと可能なの……？」

はてさて、納得いかない顔をしているがどうなるかな……？

俺がそんなことを思っていると、マリアはしばらく考えて——考えに考えて考え込んで大きく頷《うなず》いた。

「なるほど。納得しました」

——良し！　やっぱりチョロかったっ！

何だかんだで根っこのところは素直な思考回路してそうだからね、この子。

そうしてマリアは「はっ」と何かに気づいたように息を呑んで、急に挙動不審になり始めて——

「え？　え？　っていうことは貴方様《あなたさま》は本当に雷神皇様？　伝説のエフタル様？　それが私の目の前に？　いや、それどころか私と喋っていただいて——？」

「急にどうしたんだマリア？」

「ふぁ、ふぁ、ふぁ——！　私に、私に声をかけて——嘘《うそ》っ!?　嘘っ!?　本当にあのエフタル様が私の名前を呼んでくださった!?」

何だこの反応は？

ふぁーっと言いたいのは俺の方だよっ!?

と、二人してアタフタと挙動不審になっていると、マリアは何かを思いついたように鞄《かばん》の中からペンと本を取り出した。

「サ、サ、サインしてくださいっ！　ずっと憧れていたんです！」

憧れているって……あ、そういえばそんなことも言ってたっけ。

ってかサインって……アイドルじゃないんだから。まあ、素直に応じる俺も俺なんだけどさ。

「あ、あ、ありがとうございます！　家宝にしますっ！」

「ところで――」

と、俺はマリアの頭にゲンコツを落とした。

「きゃっ⁉」

「どうしてあんな無茶な戦い方をしたんだ？　蛮勇と勇敢の言葉の違い位はもう分かる年だろう？　俺はこれでも雷神皇だ。魔導を志すヒヨコを導く義務もあるもんでな。関わっちまったからには放っておけない」

そうしてマリアはシュンとした表情を作って、俺にペコリと頭を下げた。

「これには理由がありまして……」

「理由？」

「元々、私はこの森の出身のエルフなんです。それもちょっと特殊な血族の……」

「それで？」

「実は私の氏族は十年前に皆殺しにあってしまったんです……」

「皆殺し……？」

少し考えて、まあ、そんなところだろうねと俺は納得した。

マリアを取り巻く昔からの状況は香水を嗅いだあの時から俺は把握している訳で、因果を踏まえるとそういうこともありえる。

「それで孤児になった私は別の氏族に引き取られる形になったんです。けれど、そこで問題が生じてしまって……。私の氏族は森の民全体を守る魔法戦士の血族の内の一つだったのですけれど、引き取られた先の氏族は狩猟が仕事となっていましてですね……」

「おう。それで？」

「狩猟には猟犬がつきものです。モンスターテイムの能力で魔犬を飼いならす能力が必須となります。天涯孤独の身で世話になってる都合上、子供だからって言って働かない訳にはいかないですし。それで、私にはモンスターテイムの才能が皆無だったんですよね」

まあそうだろうね。

森を守る一族であり血に細工が施されている以上、魔物はマリアには絶対に懐かない。

だって、彼女の血液はある意味で魔物に悪影響を与えるのだから。

「それで色々あって、魔法学院の試験に合格となって、私は今ここにいるってことになりますね」

「それとさっきみたいな戦い方がどうつながるんだ？」

「……私はもう誰にも舐《な》められる訳にはいかないんです」

マリアは拳をギュッと握って、そうして力強い意志のこもった瞳と共に頷いた。

「あの時、今までに例のない規模で、前兆も無しで魔物の大氾濫が起きそうになったんです。そうして、大氾濫が起きてしまえば森のエルフの全ての氏族は全滅になってしまいます。それに森から魔物が溢《あふ》れて近隣にも被害が出ます。だから、私達の氏族が矢面に……立ったんです」

「……古い慣習だったか？」

「ご存知《ぞんじ》だったのですか？　おっしゃる通り、私達の氏族は森の守り人の一族です。昔から、大氾濫をずっとずっと未然に防いできました。しかし、災害なんて、ずっと起きていなければそれって存在しないってことと同じようなもので……そして、それを防いでいる人達も、時の経過と共に軽んじられるようになっていきました」

「喉元過ぎれば……って奴《やつ》だな」

「そういうことですね。結局、私達の氏族は十年前に大氾濫を止めるために全滅しました」

　けれど……とマリアは悔しげに唇を嚙みしめた。

「森の……他のエルフは私達に感謝も無く、そもそもの私達の役目自体を、真偽が定かではないと言う輩《やから》まで出始める始末だったんです」

「どういうことだ？」

「大氾濫を止めたんじゃなくて、ただ……魔物の群れに里が襲われて、全滅になっただけの間抜け共って言う輩すらいます。両親も親戚も全て失って、他の氏族の里に引き取られた私も……間抜けの一族だと馬鹿にされてしまって……」

「だから、見返さなくてはいけないってことなのか」

「はい。私は見返さなくちゃいけないんです。そう……父さんや母さん、みんなは間抜けなんかじゃないって証明しないといけないんです。私なんかよりもずっとずっと凄《すご》い人達がいて、そんな人達が命を賭けて守ったものがあったんだって……私の優秀性を示して、みんなを見返さないといけないんです」

「……」

「たくさん勉強して、学費無料で特別待遇で留学生としてこの学院に入ることができました。でも、ここはまだ通過点なんです。だから、私は他人に負けられないんです。弱みを見せられないんです。完全無欠のエリートとして魔術の道を……歩み続けなきゃいけないんですっ！」

そこでマリアは不意に涙を目に浮かべ、首を左右に振った。

今、記憶の彼方《かなた》の色んなことがフラッシュバックしてきて、一瞬呑《の》まれそうになったって感じだったね。

でも、そこで気合で踏みとどまって涙を流さないあたりが、マリアらしいと言えばらしいけど……と、俺は苦笑した。

「じゃあ絶対に見返さなきゃいけないな、マリア」

「はい……」とマリアは頷いた。

「ともかく事情は分かったよ。それでそんな戦い方をしてたんだな。偶然にでくわした男にすら強がって自分を大きく見せるために……」

不憫《ふびん》な子だ。まあ、芯の強いそういう子は嫌いじゃない。

とはいえ、やっぱりソレとコレとは話が別だ。

だから、俺は思いっきりマリアのほっぺたをつねってやった。

「痛っ⁉」

「命を雑に扱うようなマネは二度とやるな。氏族の誇りを示す前にお前が死んだら何にもならねえだろう」

「……ごめんなさい」

普段とは違うしおらしいマリアの態度に俺は苦笑する。

「だが、誇りを大事にする奴は俺は嫌いじゃねえ。根本のそこを変える必要はない」

「このままでいいってことですか？」

「いい面もあれば悪い面もあるんじゃないか？　それは今後、お前自身で学ぶことで誰に教えてもらうことでもないだろう」

「……いい面もある？」

そうしてマリアは驚いた顔をして、パァッと表情を花咲かせた。

「どうしたんだ？」

「いや、私の性格を……一部分でもそのままでいいって言ってくれた人って今までいなかったので……それが、雷神皇様に……私の生き方が認められたってすっごい嬉《うれ》しいんです！」

誰もそんなこと言ってくれたことがないって、まあ、そりゃそうだろうね。

同年代に対しては態度が強烈に過ぎるし、改善してもらいたいところは実際にたくさんある。

「と、いうことで、まずは命を軽く扱うな。分かったか？　マリア？」

「はい」

と、そこで俺はマリアの肩が震えていることに気が付いた。

「ん？　どうした？」

「はは……今になって……コカトリスと遭遇した恐怖が襲ってきたみたいです」

命の危険を感じる魔物に出会った後、そういうことは冒険初心者には良くあることだ。興奮状態でアドレナリンも出てただろうし、脳内麻薬が引けば……まあ、こうなるのも道理。

ガクガクと震え始めたマリアを見て、さて、こういう時はどうするんだったかな……と、過去の記憶からあれこれ思案を始める。

「震え……止まりません。あれ？　何コレ？　変だな……？　アレ？　どんどん震えが強く……ごめんなさい、立ってられません……倒れそうです……」

今にもその場で倒れそうになったマリアの頭の上に、俺は掌《てのひら》を優しく置いてやった。

「俺がここにいる。怯《おび》えなくてもいい」

マーリンが子供の時に、怖い夢を見たと俺の部屋に来ることが良くあった。

そういう時は、こうしてやればすぐに平静を取り戻していたんだよな。

「雷神皇様の掌……大きくてあったかいです」

撫《な》で始めると、マリアの震えは少しずつ収まっていって、その表情は安堵《あんど》したものに変わっていく。

そうして、震えが完全に止まったところで、マリアは恐る恐るという風に俺にこう言ってきた。

「あの……ごめんなさい。これ以上頭を撫でないでもらえますか？」

「ん？　嫌なのか？」

すぐにマリアは首をブンブンと左右に振った。

「い、い、嫌だとは言っていないです。む、む、むしろ……全然嫌じゃないです、嬉しいです。一生……髪を洗いたくない位に」

「いや、髪は洗えよ。じゃあどうして？」

「雷神皇様の掌は温かくて、とっても大きいです。撫でられたら安心して……その、何て言うか……」

ふむ？　どういうことなんだ？　と俺は小首を傾げる。

「私、お父さんもお母さんも早くに亡くなって、ずっと強がって生きてきて……周りに私を認めてくれる人も優しくしてくれる人もいなくて……だからだと思うんです。だから今、自分でもすっごい不思議な気分になっているんじゃないかと……」

「うん？」

「……今から私……変なこと言いますけど、絶対に変な子だって思わないでくださいね？あの、その……雷神皇様のような方にそのような優しいことをされて……本当に自分でも不思議で、恐れ多いことなんですけど……私は……雷神皇様に……」

そうしてマリアは顔を真っ赤に染めて、上目遣いで――ウルウルとした瞳でこう言った。

「……甘えたい気持ちになっちゃったんです」

不覚にも可愛《かわい》いと思ってしまった。と、そこでマリアは――

「ごめんなさいごめんなさいごめんなさいっ！　子供みたいなこと言っちゃってごめんなさいっ！　でも、何故《なぜ》だかそう思っちゃったんです！　そう思っちゃってごめんなさいっ！　変な子だと思わないでください！」

まあ、マリアからすると俺は生まれて初めて目の当たりにした、絶対的強者になるんだろうね。

それで、雷神皇である俺に、父性を感じたのか、あるいは憧れからくる安心感を覚えたってことなんだろうけど……。

で、もう大丈夫そうなので、俺が手を離したら、マリアは瞬時に悲しそうな顔をした。

「ん？　どうした？」

「あの、掌を離されるとやっぱり急に不安が大きくなって……さっきの魔物の怖さが……またフラッシュバックしてきたと言いますか……また……震えちゃいそうです」

「……撫でないのがいいのか撫でるのがいいのかどっちなんだよ。面倒な奴だな。はー

……仕方ない。もう一回撫でようか？」

するとマリアは押し黙り、俺を直視できないのか視線を横に向け、そうして顔をリンゴのように真っ赤にして――

「…………してくだ……さい」

普段からこれだけ可愛げがあればなあ……。

と、俺は複雑な気持ちになる。

あ、そうだ。せっかくだから、ここで面倒ごとも解決しておこうかな。

「ところでお前は魔法学院生なんだよな？　これから合宿所に向かう……ってことでいいのか？」

「さすが雷神皇様は何でもご存知なんですね」

「ああ、それで合宿所ではどんなトレーニングメニューを？　今の時代はどんなことをやっているのか知りたいんだ」

そうしてマリアは憂鬱げに一枚の紙――俺が時間をかけて組んだメニュー表を差し出した。

「同じクラスの子が勝手に仕切ってこんなことやらせようとしているんですね。意味分かんないメニューですし……到底従えません。確かに私よりは実力はある子なんですけど、学生の癖に学生を指導なんて、ちょっと調子に乗りすぎっていうか……」

　さて、雷神皇の御威光を発動させようか。

　っていうか、御威光も何もこれが本来のあるべき姿なんだけどさ。

「マリア、お前は正気か？」

「……正気？」

「これでいい。素直に従えば今の時点のお前の実力ではこれ以上のメニューはないだろう」

「本当なんですか？」

「ああ、本当だ」

　と、そこで俺はマリアの肩をポンと叩《たた》いた。

「これ以上の長話もアレだしな。お前を安全なところまで送っていって、それで終わりだ」

「え？　もう……お話は終わりなのですか？」

　この世の終わりでも訪れたような表情をマリアは作った。

　名残惜しさと悲しみが入り混じった……というような。どうやら、この子が俺に憧れていたという話は本当のようだ。

「まあ、乗り掛かった舟だ。俺は金曜の夕暮れには魔法学院の合宿所の近くの小屋にいるから……何かあったら相談位は乗ってやる」

と、マーリンが合宿所に立ち寄る際、事務仕事に普段は使用する――つまりは今回は俺が自由に使っていいことになっている――小屋の場所をマリアに伝える。

自分でもどうしてそんなことを言ったのかは分からない。

けれど、マーリンの言う通りに……やっぱり俺はマリアに何か思うところはあるんだろうね。

――妻のブリジットとマリアは違うことは分かっているのに。

魔物の森の合宿　～エフタル式強化術～

で、老エフタルの僕はアナスタシアにマリアを引き渡して、颯爽《さっそう》と「じゃあな」と立ち去った訳だ。

その後、擬態を解いて物陰に潜むこと一時間。

「あ、マリア！　探しに行ってたんだけど入れ違いで帰って来ていたみたいだね」

「……まあ、素敵な出会いがあってね。色々と思うところもあったから、アンタのトレーニングメニューには乗ってあげるわ」

「何があったかは分からないけど……素敵な出会い？」

「ともかく、アンタ自体はそれほどだけど、ご先祖様は滅茶苦茶凄《めちゃくちゃすご》いんだから、アンタもそういう風になりなさいよね」

「……ちょっと何言ってるか分からないかな？」

と、トボけてみたところでマリアはフフッと楽しげに笑った。

「ナイスミドルっていうのをあそこまで体現した方はいないわ。強いしカッコいいし包容力もあるし……すっごい大人ーって感じで、でも、確かにアンタと雰囲気はちょっと似てるかな」

「一体全体素敵な出会いって何のことなんだい？」

するとマリアはニマッと笑って、僕の肩をツンツンとつついてきた。

「知りたい？　知りたい？」

「まあ、知りたいかと問われれば、知りたいと答える他にないんだろうね」

そうしてマリアは意地悪くニンマァッと笑って――

「教えてあーげないっ！　これは私だけの秘密の思い出の宝物にするんだからねっ！」

「……」

「あー、ダメ。思い出したらちょっとドキドキしてきた。私ってば大人の魅力に目覚めたのかも」

「大人の……魅力？」

「憧れってことよ、いや、これはもう崇拝に近いわっ！」

「お……おう……」

「ねえねえエフタル？　それでね、それでねっ！　急に話変わるし、あ、あ、あくまでも歴史の話なんだけどね？　ちょっと私、歴史について語りたくなった気分だからちょっと話に付き合いなさいよっ！」

そして──

いかに歴史上の僕が凄くてカッコ良かったのかを、道中の数時間にわたって延々と聞かされた。

最中、ずっとアナスタシアはニヤニヤしているし、僕はゲンナリしっぱなしだった。

何しろ、自分がどれだけ凄いのかをずっと聞かされている訳だ。それはもう、ほとんど拷問に近い感覚で、恐ろしく背中もむずがゆくなる訳だ。

はー、勘弁してくれよ。

で、ただひたすらに歩いて時刻は午後三時、そろそろ野営の場所を気にする頃合いだ。

「ところでマリア？」

「ん？　何よエフタル？」

僕は懐から地図を取り出して、マリアに見えるようにルートを指でなぞっていく。

「そろそろ、大きな分かれ道があるはずだ。一番最初にマリアが決めたルートだと湖に突き当たってから右なんだけど……」

地図をアナスタシアにも見せながら、僕は小首を傾《かし》げた。

「ねえマリア？　どう考えても迂回路《うかいろ》になるよね？　どうして左からの道を行かないんだい？」

「……」

「まあ、言いにくいことだったらいいんだけどさ――」

　と、僕が言ったところで、マリアは小さく息をついた。

「別に隠していることでもなんでもないわ。純粋に気が進まないのよ」

「気が進まない？」

「元々、私はこの森の出身のエルフよ。それもちょっと特殊な血族の……ね。アンタ等《ら》も知ってんでしょ？　学院じゃあ、皆殺しにされた無能の一族だって有名だもんね」

　学院で周知になっていることは全然知らなかった。

　けど、以前の生徒会とのやりとりからすると、それは事実なんだろうね。

「ってなると、ひょっとして、左のルートを行くと里帰りになっちゃうってこと？」

　僕の問いかけに、マリアは肩をすくめる。

「ええ、できれば避けたいけどね。孤児としての扱いも悪かったし、いい思い出が……ないしね」

「それじゃあやっぱり遠回りになっちゃうけど、マリアの言う道でいこうか。エルフの里に泊まることができるなら、野宿よりもそっちのほうがありがたかったんだけどね」

　アナスタシアと僕は顔を見合わせて肩をすくめる。

　と、マリアはしばし何かを考えてため息をついた。

「でも、まあそうね。顔を見たい人達もいるし、野宿で一晩を明かすならエルフの里の方がいいでしょう。アンタ等には無理に付き合ってもらってるのもあるし」

マリアの言葉を受けて、アナスタシアは驚いた風に大口を開いた。

「どうしたのよアナスタシア？」

「あの、その……えと……あったんですね？」

「あったって何がよっ！」

「迷惑かけているっていう……自覚です」

「うっさいわね馬鹿っ！　普通に考えればそりゃあそうでしょっ！　アンタは私を何だと思ってるのよっ！」

「あうう……怒らないでくださいなんです……ごめん……ごめんなさいなんです……」

いやいやアナスタシア、そこは謝るところじゃないぞ。

でも、まあ以前に比べればアナスタシアも自分の意見を表に出すようになってるよね。

何にでも噛みつくマリアみたいな子に「迷惑」って言葉を出した位だし、そこは一安心かな。

「ともかく、気は進まないけど予期せぬ里帰りになっちゃうみたいね」

「いや、本当に君が嫌ならいいんだよ？」

「会いたい人達がいるのは本当だし、いい機会ってのも事実だから気にしないで」

そして――。

件《くだん》のエルフの集落は茨《いばら》付きの木柵で囲まれていた。

っていうか、対馬用の杭《くい》や、落ちれば串刺し系の竹槍《たけやり》付きの堀なんかも見えるね。至るところにカラカラ音が鳴る系の察知系トラップが仕掛けられているし、集落っていうか森林城塞とかそんな感じだ。

「ひょっとして、マリアが世話になっていた氏族ってかなり好戦的だったりする？」

「狩猟系の連中が荒っぽいのは間違いないわ」

海の猟師なんかも荒いって聞いたことがあるし、そういうもんなんだろうね。

それで、木柵伝いに歩いてしばらくすると、集落の入り口の門に到達した。

当然ながら警戒態勢が厳重であろうこの集落に、いきなり人間である僕達を引き連れて堂々と門に向かう訳にもいかない。

まずはマリアが手を振りながら、門に設置されている物見台に近寄っていく。一分程度、門番のエルフと喋《しゃべ》った後、マリアはこちらに戻ってきた。

「で、どうだったんだい？　僕達も入れてもらえそう？」

「ええ、門兵の責任者のチェックが終わればばって話よ」

まあ、入国審査みたいなもんだろうね。

武器の携帯が許されるかどうかや、マリアと僕達の関係性なんかを確認ってことだろう。

そうして、門の中から出てきたのはエルフらしからぬ派手な刺繍《ししゅう》の赤いドレス——更に言えば金髪縦ロールの女の子だったのだ。

年齢は僕達と同じく十六歳位かな？

ちなみに、このエルフの里では狩猟のためのモンスターテイムが盛んに行われているというのは事実のようで、この娘もシルバーファングを連れている。

シルバーファングよりも下位種の魔犬が一般的なテイムモンスターだということだから、少なくともモンスターテイムの能力においてはこの娘は相当な力量ということだろう。

「あら、マリアじゃございませんか？」

喋《しゃべ》り方までコレか。いやはや歩く西洋人形のような感じだね。

森の中でこんな子に出会うとは……と僕が驚いていると、マリアはうんざりとした様子でため息をついた。

「……ああ、フランソワーズ。久しぶりね」

「ふふ、マリア？　氏族長の娘の私には『様』をつけろと言っているでしょうに？」

「何度も言っているけど、私は誇り高き守人であるドミエの氏族長の娘で、アンタとは対等なんだからね。様付けでへりくだる気は微塵《みじん》もないわ」

言葉を受けて、フランソワーズはふふっと笑った。

「あら？　森守の氏族が大氾濫を阻止しているという話は、そもそもが眉唾だと専らの噂《うわさ》でしてよ？」

「十年前、事実として私達の氏族は皆殺しになったでしょうに？　魔物の大氾濫を食い止めるために……」

「確かに当時魔物が増えて、森から溢《あふ》れそうになっていたと聞きます。が、貴女《あなた》達の一族がやっていたような原始的な方法で魔物の増殖が食い止められるとは私には到底思えませんの」

大氾濫……ね。

しかし、マリアは気づいているんだろうか？

この森の瘴気《しょうき》から察するに、神獣が復活して魔物の眷属《けんぞく》が溢れるまで一か月もかからないというところだろう。

実際にコカトリスみたいな……小規模の森だと、単体で主とされるようなクラスの魔物も逃げ出してきている訳だし。

いや、やはりそれは部外者である僕が口を出すことではないね。かつての約定もあるし。

そこでマリアに向けて、勝ち誇ったような笑みをフランソワーズは浮かべた。

「あら？　何も言い返せませんの？　まあ、ドミエの氏族――森守の存在意義という嘘《うそ》くさいものの真偽はさておき、仮に事実としても四百年もの間、大氾濫を食い止めたとかいう功績はこの氏族の里では通用しませんのよ」

「……」

「魔犬を操り狩猟を行えなければ一人前とは認められませんの。ここではまず魔犬をテイムできるかどうかが重要なのですわ。弓と魔法は多少使えるのは知っていますが、貴女はそれ以前のお話ですのよ」

「……」

「魔族の魔法学院に留学して、役立たずの厄介払いができたと思っておりましたのに……一体全体貴女は何なのですの？　何故《なぜ》に戻ってきたのですの？」

「私は魔法学院のクラスの中で、クラス代表の選抜者に選ばれているの。学校行事の最中に里帰りをしてきたってだけの話よ」

「なるほど。無能の中では有能ということでございますか」

「……ハァ？　無能の中での有能？」

「貴女は昔から弓も魔法も同年代でナンバー２かナンバー３でしたわね？　例えば、魔法であれば私には貴女は絶対に勝てなかったように」

「……」

マリアが唇を噛《か》んで悔しがっているので、事実なんだろうね。

「魔族の学院の中では優秀……ふふ、しかし魔法と言えばエルフが一番なのです。つまり貴女は今も昔も変わらずのそこそこ程度でございますわ。つまりは、無能の中で有能ということなのですわね。ああ、そうそう、貴女達の参加している合宿の修了検定でしたっけ？」

「一か月後の話ね」

「クラス代表ということなら、貴女もそれに参加するのでしょう？　実は私も合宿に特別ゲストとして参加することになっていましてね」

「特別ゲストですって？」

「そうですの。魔術学会のしがらみでしてね、同年代のエルフの優秀者と、魔族の優秀者の間での友好交流をせよというくだらない依頼が来た……ということですわ」

そうしてフランスワーズはパチリと指を鳴らした。

「固有魔法：魔樹隆起《ウッドエッジ》」

すると、僕達を中心として半径十メートル程度――その地面から鋭利な樹木の槍が無数に突き出てきた。

「これが私の広域殲滅《せんめつ》魔法。検定試験前のエキシビションでお見せする予定の、我が氏族に伝わるエルフの固有魔法ですわね。威力的にはレベル4下位となります」

そのままフランソワーズは手を振りながら後ろを向き、里の中へと戻っていった。

「まあ、同じエルフということでどうしても比べられるでしょうけれど、せいぜい恥をかかないようにすることですわね。ああ、そうそう、お情けで里の中に入ることは許可して差し上げますので」

そして、マリアは力なくその場で膝をついた。

「マリア？」

「あれから更に腕を上げたって言うの？　差は縮んだはずと思っていたのに……レベル4？　レベル3程度までしか使えない私とは次元が違う……っ！」

と、彼女は蒼白《そうはく》な表情でそう言ったのだった。

☆★☆★☆★

で、そんなこんなでエルフの里で一晩を明かすことになったんだけど——

「まあ、本当にマリアは好かれていないみたいだね」

そこは長年倉庫として使われていたであろう部屋だった。

穀物の袋が所狭しと積まれ、就寝用の一角はほとんど人が足を踏み入れないスペースのようで埃《ほこり》が積もっている。

どころか、砂や小石がパラパラと落ちている。オマケに寝具は寝袋だ。まあ、外で野宿よりはいくらもマシだけれど。

「何？　文句あんの？」

「いや、文句はない。けど、少しだけ残念なのも間違いない」

「残念？　どういうこと？」

「今回の合宿所までの移動において魔法学院から支給された最低限の携帯食料って、恐ろしく不味《まず》いんだ」

そこで、マリアを含めて一同がため息をついた。

「確かに紙粘土を食べてるみたいな感じよね」

「エルフの郷土料理のスープ位は出してもらえるだろうという、そういう打算が外れたことは認めざるをえないかな」

実際、ここに到着したのは夕暮れ深い時間だ。

そこから二時間位は経《た》つので、恐らくは僕達の食事は用意されていないということだろう。

そうして全員が残念な表情で、固形携帯食料でも食べようかと……それぞれの背負い袋をゴソゴソとやっていると――

「お嬢？　入ってよろしいか？」

男の人の声と一緒にノックの音が聞こえてきた。そして、ドアの向こう側から食べ物のいい香りが間違いなく流れてきた。

「え？　ちょっ……マーキスさん？　めっちゃ久しぶりじゃないですか」

と、マリアがドアを開くと、はたしてそこには数人のエルフの男達が立っていた。

パンやら寸胴鍋《ずんどう》やらを持っていることから、僕達の食事を用意してくれたらしいね。

「これは俺達個人個人からの差し入れですわお嬢。急なことだったんで、こんなもんしか出せんですんません」

「いや、マーキスさんに私は昔から助けてもらって……」

「気にせんでください。俺達は元々はお嬢の氏族出身ですからね。あんなことになっちまって俺達だけが、のほほんと暮らすのもおかしいと思うんですよ。なら、少しでもお嬢の助けになれたらってのも道理でしょう？」

「だから、そんなことは気にしなくていいって何度も言ってるじゃないですか」

「外の森の民のところで世話になっていた者、人間の街に留学していた者、色んな事情で里を離れていて、俺達だけがおめおめと生き残ったんですぜ？　子供のお嬢ですらその現場にいたっていうのにね」

「だから、それはもういいですって。急なことだったし、その場にいた者でしか対処はできなかったんだから」

「俺達は死ぬべき時に死ねなかった死にぞこないってことですわ」

と、マーキスさんがヒートアップしてきた感じだったので、僕はパンと掌《てのひら》を叩《たた》いた。

「マリア？　スープが冷めてしまう。せっかくの差し入れなら、美味しくいただける内にいただこうよ」

僕の言葉でマーキスさんは大きく頷《うなず》いた。

と、そんな感じで僕達は皆さんの好意で温かい食事にありつくことができて、満腹の状態で寝床に入ることができたのだった。

☆★☆★☆★

合宿所とは、つまりは旧校舎のことだ。

現在の魔法学院に施設ごと移転する前の建物なので、相当に古い。

けれど経年劣化を抑制する魔法が施されている影響で、建物そのものは十分に使用に耐えられる。

で、施設と場所をただ遊ばせているのはもったいないって話で、それで今は、時折こんな感じでイベントの際に使われている。

「ねえ、エフタル？　やっぱり私は同学年の弟子になるっていうのはプライドが……」

「まだそれを言うの？」

と、僕はうんざりと肩をすくめた。

しかし、旧校舎の教室っていうのはやはり埃っぽいね。僕達三人だけで使う教室だから、後でみんなで掃除をしよう。

「以前に伝えた通り、僕は雷神皇の隠し子の子孫なんだ。だから僕は普通とは違うし、マーリンと僕の一族は古くから親交がある」

「いや、それは分かるけどさ」

「それにこの前、その辺りのことは納得したんじゃなかったの？」

「アンタが作ったメニューでやることには納得したわよ。でも、だからってどうして私がアンタの弟子になんてならなくちゃならないのっ⁉」

「だから、師弟の証《あかし》である師弟紋契約をしないと、君とアナスタシアは根本的な問題で強くなれないんだって何度も説明したよね？」

よほど、弟子という言葉に抵抗があるらしい。

ちなみに、僕が今からやろうとしていることは器写しの術と呼ばれるものだ。

魔術師同士でＭＰの受け渡しをする時に行使する術式に似ているんだけど、それを進化させたようなものと言えば分かりやすいかな。

元々この術式は魂——つまりは魔導の器を師の形に近いものに矯正するために行われる。

色んな学派の色んな派閥、もっと言えば個人個人でも扱う魔術回路は細かい部分では違う。

なので、魂の質や形が大きく違う場合、師の使うオリジナル魔法なんかを習得できないということが起きる場合がある。

これは魔法適性以前の問題で、本能的な好き嫌いのレベルの相性の話だ。なので、魔術師が誰かに師事する時は一番最初にこれが施される場合があるんだよね。

それで僕としても今回、マリアにこれを強制しているのは当然理由があるんだ。

と、いうのもこの時代の人間は、過去のマギアバーストの影響で魂が変異しているんだよね。

それが故に、この時代の魔術師は魔術的な成長があらゆる面で阻害されてしまい、挙句の果てにはレベル9以上はロストテクノロジーとされて使用すらできない。

なんせ、マーリンですらマギアバーストによる何らかの力に抗《あらが》えず、その時点で覚えていたレベル8までしか扱えないんだ。

で、そこで出てくるのが器写しだ。

つまりは、魂が変容していない僕の器を使って、マリアとアナスタシアの変質している魂を調律しようって訳だね。

　ちなみにマーリンに対しては既に師弟契約を結んでいるので、この術式は使えない。

　まあ、これを施せば師弟契約によって彼女達はマギアバーストの弊害を受けることなく、あの時代を生きた魔術師達と同じ土台に立てるようになるってことだね。

　ちなみに人数制限があるので、おいそれとホイホイできるようなものでもない。つまり、僕としても二人については責任をもって面倒を見ると決めた覚悟の証でもある。

「いや、でも、それって私がアンタに屈服するってことでしょっ⁉」

「屈服って……本当に面倒な性格だね」

　と、僕がため息をついたところで、アナスタシアは右手の甲を差し出してきた。

「あの……えと……ご主人様？　契約紋はここで大丈夫でしょうか？」

「目立つから背中の方がいいかな。マーリンも目立たないところにしているし」

「はい、分かりましたです」

　と、アナスタシアは上着を脱いで、下着の姿となった。

「ちょっとアンタっ⁉　何で脱いでんのっ⁉」

「あの……えと……変……ですか？」

「男の前で脱いでんのよ？　そりゃあ変でしょうよっ！」

　そこでアナスタシアは不思議そうな顔で小首を傾《かし》げた。

「私達は魔術を学ぶんですよね？　それには師弟契約が必要な訳なんです。師弟契約を結ぶには体表の目立たないところに紋を刻まないといけない訳で……」

「ぐっ……」

「何か私……変なことしてますですか？　これを変だと思うなら、変なことを意識しすぎているマリアさんが変だと思うんです」

アナスタシアはマリアの言葉を受けて、ブンブンと首を左右に振った。

「何でアンタはそこまでこの男を信じることができるのっ⁉　師弟契約よっ⁉　体に魔術紋刻むのよっ⁉　ちょっとやそっとのことじゃ取り消せないのよっ⁉」

「何故《なぜ》に信じる……ですか？　答えは簡単なんです」

「簡単？」

「ええ」とアナスタシアは頷いて、言葉を続けた。

「エフタル＝オルコット様は、世界でただ一人の私の最高のご主人様ですから。ご主人様の言葉に疑いなんて私には微塵《みじん》も持てないんです」

真《ま》っ直《す》ぐすぎるアナスタシアの視線に射抜かれたマリアは顔を引きつらせて――

「あ――っ！　もうっ！　やればいいんでしょう、やればっ！」

と、ヤケクソ気味にその場で叫んだのだった。

——と、そういう具合で僕はこの時代で二人の弟子を取ることになって、一週間の時が流れた。

☆★☆★☆★

「ァ……アアアアアア——ッ！」

教室内でマリアとアナスタシアが悲鳴をあげながら、ただひたすらに頭を抱えながらのた打ち回っている。

まあ、ついさっき僕がこの子達の脳内に無理やりにレベル4の炎系魔法の術式を刻み込んだのが原因なんだけど。

——レベル7：洗脳《ブレインジャック》

これは高位モンスターテイマーが使役する魔物に施す洗脳と、ほぼ同じ術式となる。

要は脳内に色んな情報を流して、記憶操作や行動における優先順位を書き換えるような魔法だね。

つまりは、今回やっているのはその術式を応用して、脳内に魔術回路を無理やりに焼き付けていくという作業になる。

四百年前では手っ取り早く強くなるためには有名な方法だった。けど、尋常ではない痛みを伴うので当時でも無理のありすぎる強化法ということで悪名高かったんだ。なんせ、拷問に比喩されるような荒行だからね。

「しかし、二人とも……本当に頑張るね」

「ガハッ……ァ……アアアアア――――ッ！」

どうやら僕の言葉は届いていないみたいだ。まあ、無理もない。

金属バットのフルスイングを頭に連続で受け続けていると言えば、いくらか彼女達が置かれている状況が理解できると思う。

これは自らの強大な精神力で、痛みを乗り越えることが前提の方法だ。

例えば、犯罪組織なんかが子供をさらってきて、手っ取り早く暗殺者なんかを作ろうとして無理やりにこれをやらせたとしても、下手をすると精神が死んでしまうだけだ。

しかも、この方法で伝授できる魔法術式はレベル４までが限度で、当時としてはそこまでの戦力にはならない。

普通に数年間真面目に魔術に取り組めば習得できるレベルでもある。

だから、よほどの覚悟がある生き急ぎの者しか歩まなかった茨《いばら》の道ってことだね。

ちなみに、それ以上の難解な術式を無理やりに脳に刻み込むと、耐えるとか耐えないとか以前の問題で脳が焼き切れてしまうのでご法度だ。

「さて、二人が頑張っている間、僕はのんびり……という訳にもいかないか」

そうして、僕はマーリンにお願いしておいた資料に目を通し始めた。

二人の甲高い叫び声が耳について気が散るので静かな場所に行きたいけど、この場を離れる訳にもいかない。

不測の事態で二人の容態が急変して……みたいなこともあるかもしれない。それに何よりも二人に苦痛の道を歩ませている僕が、二人を見届けないなんて道に外れることだろう。

と、それはさておき炎神皇の資料だ。

マーリンのまとめた非公式資料によると、ここ四百年の間にそれと目される魔術師は複数回歴史の表舞台に登場している。

ある時は各地を渡り歩き、蔓延《まんえん》する疫病から辺境の村を救った救いの御手《みて》。

そしてある時は魔物を率いて各地の村を焼き払った破壊の権化とも呼ばれている。

不思議なことにその姿は、僕の知っている壮年総白髪の炎神皇のソレではなく、一貫して赤い髪の美少年のものであったという。

ただし、レベル10：炎神皇《クリフ》の使用形跡がある以上、本人であると断定していいだろう。

そうして彼は世界樹の古代遺跡に到達した後、完全に表舞台から姿を消したとされているんだ。

「……やはり全ては古代魔法文明絡みの案件なんだろうね。氷神皇が殺されてマギアバーストが発生したのも古代遺跡だったし」

　この近くにある古代魔法文明の遺跡と言えば、サーシャの住居でもある世界樹が一番有名だろう。

　一般的に古代文明の遺跡とされる場所にあるものは、ただの大自然だ。

　霊的な磁場が極端に乱れているので、例えば今回だと樹木が変異して……世界樹と呼ばれるような、天に届かんばかりの巨大な大木がそそり立っている訳なんだよね。

　そうして、古代遺跡そのものは、この世界とは少し次元軸をズラした場所に存在している。

　古代都市の人口過密なんかの問題を解決したのが空間拡張・次元座標軸の関連の魔法だと言われているんだ。

　つまり、普通の方法では遺跡には辿り着けないってことだね。

　具体的に言うと、世界樹の場合は、その天頂近くでレベル９級のテレポート魔法を行使する必要があるって寸法だ。

　そしてレベル９以上の魔法を行使する人間が存在しない以上――世界樹の天頂から続くその先の遺跡は、この四百年の間……僕と炎神皇、そしてサーシャを除いて誰も確認する術《すべ》を持っていなかったことになる。

「ここまでが調べることのできる限界か」

と、そこまで考えたところで、僕は気配を感じて背後を振り返った。

「二時間で術式を乗りこなしたみたいだね。僕も十代の頃にやったことあるけど、それに耐えるとは本当に驚嘆に値するよ」

そこには脂汗を垂らしたマリアが立っていて、アナスタシアはまだ地面を転げまわっている。

「でも、魔法術式を洗脳魔法で無理やりに刻み込んで……レベル4までを行使可能にするだなんて、こんなのズルじゃない？」

と、そこで僕は思わず吹き出しそうになった。

「マリアは痛みという対価を払って魔術式を得たんだからズルじゃないよ。それに、それを言うなら魔法適性なんていうもの自体、ズルだとは思わないか？　アレは術式の習得から自分なりの改良から、何から何までに大きく大きく作用するんだから」

「いや、魔法適性は個人の才能で、神様から与えられた……それこそギフトでしょ？」

「神様から贈り物を授けられなかった人からすれば、それこそズルだと僕は思うよ」

「いや、それはそうかもしれないけどさ」

「それに脳に魔術式を焼き付けたとして、それをモノにするには色んな努力が必須なんだよ。だから、本当にズルだとは僕は思わない。時間は有限なんだし、使えるものは使わなくちゃね」

分かりやすく例えてみると、武術で言うなら僕は二人には不釣合いな大きな剣や槍《やり》を与えているに過ぎない。

当然ながら実戦で扱うには、不釣合いな大きな武器を使いこなすだけの修練は必須となる訳だ。

努力無しでぶっつけ本番でそれを扱おうとしても、ハッタリ程度にしか使えないのは間違いない。

と、そこでアナスタシアも平静を取り戻したようで、肩で息をしながらその場で座り込んだ。

「頑張ったねアナスタシア」

「な、な……何とか……」

そうしてアナスタシアはマリアに恐る恐るという風に尋ねかける。

「マ、マ、マリアさん？」

「ん？　何？」

「……どうして貴女《あなた》は……こんなのを受けて平気でいられるんですか？」

「え？　私もアンタと一緒でさっきまで情けなく叫びながらのたうち回っていたじゃない」

「……そうじゃ……ないんです」

「ん？　どういうこと？」

「嵐のような痛みが過ぎ去った後、どうして……すぐに平気になれるんですか？　わ、私なんて……こうして喋《しゃべ》るだけでも……辛《つら》いのに」

言葉を受けて、マリアは小さく頷《うなず》いた。

「私には見返したい奴等《やつら》がいるからね」

ギュッと拳を握り、強い眼差《まなざ》しをマリアは浮かべた。

そしてそんなマリアの表情を見て、あからさまにアナスタシアは顔をしかめて目をそらした。

「ねえマリア？　余力があるなら身体能力強化を施した上で、対人格闘訓練をしようか」

「うん、相手してくれるなら願ったりかなったりだけど？」

「それとマリア。明日から……初歩魔法の操作をいってみようか」

実は初日に器写しを施した日から、この二人には身体能力強化以外は禁止している。

今、この子達は魂の変容に、まずは慣れてもらわなくちゃいけない。

それは現代地球の自動車で言うと、軽油とガソリン位に勝手の違うものなんだ。

以前の状態の感覚が残っているままで魔法の訓練をすると、確実に変な癖がつく。

だから、身体能力強化のような魔力操作の基礎中の基礎を徹底的にやらせて、今は体と脳を慣れさせている訳だね。

「二週間は身体能力強化と生活魔法以外は禁止じゃなかったの？」

「君の成長速度はちょっと異常だ。相当に無茶《むちゃ》をしているようだけど……まあ、レベルに合わせてのカリキュラムという意味ではそうなるのは必然だね」

「それってつまり――？」

「そろそろ次のステップだ。頑張ったねマリア」

そしてマリアは満面の笑みを浮かべて、アナスタシアは悲しげにまつ毛を伏せたのだった。

☆★☆★☆★

――その日の夜。

今後は剣の修行と魔法適性の謎を追うために、古代遺跡調査に重点を置く方針だ。

マリアとアナスタシアが頑張っているのに、僕がのほほんとしている訳にもいかない。

と、その準備のために、文献を読んでいるその時、ふと――外から魔力の気配を感じた。

何となく何が起きているのかは察したけど、僕は寮の部屋を出て階段を上り、屋上のドアを開いた。

そうして、気配のする中庭を確認すると、そこにはやはりマリアの姿があった。

「やっぱりそういうことか。本当に無茶な子だ……」

クスリと笑う僕の視線の先で、彼女は身体能力強化を施したままに中庭の木々を飛び回っていた。

なるほど。

こうやって毎晩毎晩地道に身体能力強化の練習をやることで、あの流れるような魔力操作を身に付けた訳か。

正直、毎日の魔術式の上書きだけで精神疲労でヘトヘトのはずだ。

そして拷問レベルの荒行の後で、僕を相手にした模擬戦や、身体能力強化を使用した上での筋トレなんかの一通りのカリキュラムも組まれている。

もう、本来ならヘトヘトを通りこして一瞬でも早くベッドに潜り込みたいだろうに、本当にそのガッツには恐れ入る。

「私は絶対に負けないんだからっ！」

おっと、どうやら索敵関連魔法が勝手に発動していたようだ。盗み聞きは良くないね。

で、僕は屋上を立ち去った。

階段を降りて、廊下を歩いて、部屋に戻って……さっきの本の続きを読んで。

書き物を終えて、そのまま寝ようとベッドに潜り込んだんだけど――

――ムギュっ！

何か柔らかいものが手に触れたので「うわああっ！」と僕は悲鳴をあげてしまった。

「ア、ア、ア、アナスタシアッ!?」

アナスタシアも今ので起きたらしく、ベッドの上で飛び起きるように正座の姿勢を取った。

「あ、あ……あの、ご主人様っ！　お、お話があるんですっ！」

「ん？　話って何？」

いつものほほんといった感じのアナスタシアだけど、今日は何故《なぜ》か神妙な面持ちだね。

これは重要な話らしいと僕も心を引き締める。

「私には……マリアさんみたいな理由がないんです」

ああ、そのことか。悩んでいるらしいのは知っていたから、相談に来る可能性は高いと思っていたけどね。

「しかし、どうして君は僕のベッドで寝ていたんだい？」

「えと、その……ご主人様にお話があって部屋に入ったら誰もいなくて、それで、それで……昼間のアレで疲れていて、ベッドで座っていたら倒れちゃって……」

「それで？」

「倒れちゃったら気持ちよくなっちゃって、瞼《まぶた》が重たくなっちゃって……目が二重瞼じゃなくて三重瞼になっちゃって……私……三重瞼になったら絶対に睡魔に抗《あらが》えなくて……」

「僕もそうなったら睡魔に耐えられないから気持ちは分かるよ」

「それで、それで、私、私……ご主人様のベッドで……あの、その……ごめんなしゃいっ！」

久しぶりに噛《か》んじゃった！

いや、まあこの子はこれでいいけどさ。

「それでですね。私はマリアさんと全然違うんです。強くなりたいっていう理由がないんですっ！」

「……でも、君はよく頑張っていると思うよ。マリアが少し生き急いでいるだけでさ」

そこで「いいえ」とアナスタシアは首を左右に振った。

「わ、わ、私……は……ただ、ご主人様にふさわしい私であろうって、そんなことしか思ってなくて……」

「なら、ただそれだけであの苦痛を耐えている君は凄《すご》いと思うよ。アナスタシア」

そうしてアナスタシアの頭を撫《な》でようと右手を伸ばすと、彼女はひょいっと頭を動かして僕の手を避《よ》けた。

「まだ、撫でなくていいんです」

「アナスタシア？」

「そんなダメダメな奴は奴隷としても認めない。一緒にいてあげない、家からも追い出すって……そう言ってほしいんです」

なんか変なことを言い出したぞ？

一体全体、これはどういうことなんだろうか？

まあ、本人が言ってほしいって言っているんだから、言ってあげようか。

「そんなダメダメな奴は奴隷としても認めない。一緒にいてあげない、家からも追い出す」

そして、僕の言葉を聞いたアナスタシアは、すぐにこの世の終わりの光景を目の当たりにしたような表情になって――

「ふ、ふ、ふっ……ふぉおおおおおお！」

さ、さ、さ、叫んだっ⁉

何だ何だっ⁉　何が起きていると言うんだっ⁉

「頑張ります！　頑張りますからっ！　私を見捨てないでください！　私……あの、えと、その……エフタル様とずっと一緒にいたいですからっ！　ご主人様にふさわしい私になりますからっ！　マリアさんには負けませんからっ！」

アナスタシアはベッドから立ち上がり、力強い足取りでドアへと向かって――あっ……コケた。

足をもつれさせて、それはそれは見事にコケた。否《いや》、すっ転んだ。

そして彼女は起き上がった。即時に起き上がった。

「こ、こ、こ、コケちゃってごめんなしゃいっ！」

噛んだ。

舌をもつれさせて、それはそれは見事に噛んだ。

そうして再度、彼女は出入口へと向かい、ドアの前に立つとこちらに向かってくるりと反転した。

「私がマリアさんに負けなかったら――！　頑張ったねって、たくさん頭を撫でてくださいなんですっ！」

「お……おう……」

「それでは、こんな夜分に失礼しましゅたっ！」

最後の最後まで噛んでしまった彼女は顔を真っ赤にして、自分の寮の部屋へと走り去ってしまった。

で、僕の部屋のドアが閉まる前に廊下を走りゆくアナスタシアが見えたんだけど――

――やっぱりコケていた。否、すっ転んでいた。

まあ、ぶっちゃけ、何が何だか良く分からない。

やる気が空回っている感はあるけど……その気になったのはいい事だよね？

☆★☆★☆★

そして時間が流れて、いよいよ一か月の合宿も折り返し地点となった。

午前中の日課となっている、二人の頭の中に術式を埋め込む作業も順調に進んでいる感じだね。

どうにも痛みにも慣れてきたようで、アナスタシアもお昼過ぎには精神的疲労の色を見せなくなった。

で、二人の訓練も区切りがいいところだったので、休憩も兼ねて午後のティータイムと洒落《しゃれ》こんでいたんだけど――

「ところでさ、アンタ等って付き合ってんの？」

「ゴブファッ！」

と、突然のマリアの言葉に僕はお茶を吹き出した。

「と、と、突然何を言うんですかっ⁉」

アナスタシアもパタパタと両手を小刻みに振って、小動物的な動きを見せる。

「エフタルは変に優しいし、主人と奴隷って感じじゃないじゃん？　と、なると良くある話として……恋愛的な情で関係がゆるゆるに甘くなってんのかなーって」

「いや、いやいやいやいやいやっ！　そんなのご主人様に失礼ですよ？　私はともかくご主人様が……私をそういう対象にする訳ないじゃないですかっ！」

私はともかくって聞こえたけど、ツッコミを入れると面倒そうなのでそこはスルーしておこう。

「へー？　それじゃあアナスタシア？　アンタって好きな異性とかいるの？」

「え？　え？　好きな異性ですか？」

「まあ、アンタも一応は年頃の女な訳じゃん？」

アナスタシアはチラッと僕の方を見てきた。そしてしばし黙り込んで、覚悟を決めたように大きく首を振った。

「そんな異性はいないですよ」

「へー。意外ね」

僕も意外だ。この流れなら面倒なことになりそうだと思ったんだけど……。

「好きな人はいないんですけど……」

と、そこでアナスタシアは立ち上がり、僕のところに歩み寄ってきた。

そして、彼女は僕の右手を両手でギュッと握った。

「……大好きなご主人様ならいるんです」

これは……。

はたして、どういう風に受け取ったらいいんだろうか。

そして、何故にアナスタシアは自分から僕の手を握ってきておいて、顔を真っ赤にしているんだろうか。

——うん、たまにこういうことを仕掛けて来るからこの子は本当に侮れない。

まあ、ご主人様として大好きってことだよね。うん、面倒なのでそういうことにしておこう。

「それで、ご主人様は私をどう思うんです？」

「ま……まあ、アナスタシアは辛《つら》い訓練に耐えていると思うよ」

「ほ、ほ、本当なんですかっ⁉　本当なんですかっ？」

嬉《うれ》しそうにピョンピョンと飛び跳ねるアナスタシアに大きく頷《うなず》いた。

「うん、頑張ってるよ」

「マリアさんよりもですかっ⁉　マリアさんよりもですかっ⁉」

「マリアはマリアで頑張っているけど、彼女は頑張れる理由があるからね。動機が弱いのに頑張っているという意味ではアナスタシアはマリアよりも芯が強いんじゃないかな」

と、そこで大きな大きな舌打ちが聞こえてきた。

「仲良しこよしの主人と奴隷？　はー。何よその茶番？」

あからさまに機嫌が悪くなったマリアは紅茶を一気に飲み干して、そのまま立ち上がった。

そうして教室のドアを、大きな音を立てて乱暴に開いた。

「つまんない茶番で寒くなったから、私はちょっと一人で走り込みしてくるわ」

「いや、マリア？　僕の組んだメニューどおりに動いてくれないと効率が……」

そうしてマリアは僕を睨《にら》みつけてきた。

「ハァ？　私は天才美少女なのよ？　二週間も色々やってんだから要領位分かるっつーの！　あと、私にはこの前……素敵な出会いをした最高の相談相手もいるんだからねっ！」

「いや、でもさ……」

ん？　っていうか相談相手？

そういえば、そんな約束も……したような気もする。

「そもそも私はアンタ等《ら》と仲良しクラブやってんじゃないんだからね？　あくまで主導権は私。アンタのメニューが使えると思ったら私が採用する、使えないと思ったら当然今みたいに私が決めるから」

そうしてマリアはそのままドアが壊れるんじゃないかって程に、バタンと大きな音を立てて去って行った。

「……」

「……」

「何というかあの子って本当に疲れる性格してるよね」

「……はい。ところでご主人様？」

「ん？　何だい？」

「私はご主人様を疲れさせていませんか？」

「いや、そんなことはないけど？　逆に聞くけど、アナスタシアは僕に疲れたりしない？」

僕の問いかけにアナスタシアは少し何かを考え込んで、幸せそうに「はにゃっ」っと顔の筋肉をゆるめた。

「ご主人様はいつも私をポカポカな気分にさせてくれるんです」

うん、反応に困る。

と、僕はアナスタシアから視線を移し、教室に備え付けられているカレンダーを眺めた。

「今日は金曜日か……」

まさかとは思うけど、マリアはこんなことを雷神皇に相談しに……小屋に向かった訳じゃないよね？


「で、お前はどうしていいか分からなくなって、かと言って引っ込みもつかなくなってここに来ちゃったのか」

「はい、来ちゃいました」

合宿所の近くの小屋の中、老エフタルに扮《ふん》した俺が出した紅茶をマリアはニコニコ顔ですすっていた。

「ところで、マーリンには俺のことは言ったのか？」

「いいえ、言っていませんよ」

まあ、それはぶっちゃけありがたい。

俺がこんなことをしているとマーリンが知ってしまったら後で何を言われるか分からないしね。

「まあ、別に言わなくてもいいんだが、それはどうしてだ？」

「だって雷神皇様なんですよ？　マーリン様って雷神皇様のことを崇拝していたみたいですし……知らせちゃうと……」

「知らせちゃうと？」

「崇拝仲間ができてしまって、雷神皇様を独り占めできなくなってしまいます」

「崇拝仲間っ⁉」

　変な造語が出てきたぞっ⁉　と、俺は戦慄した。

「はい、崇拝仲間になると思うんです。マーリン様がここを知ってしまえば、すぐに悪の帝王にここは占拠されてしまい、私の居場所はなくなってしまうでしょう」

　悪の帝王って……と、俺は更なる戦慄を覚える。

「お……おう……しかし、マリア？　お前は俺がマーリンと久しぶりに会って話をしたいと思っているとは思わんのか？」

　マリアは瞬時に立ち上がり、そしてドアに向かって駆け出していった。

「マリアッ⁉」

「これは失礼しました！　自分のことばかりで雷神皇様の思いまでには考えが至らず――今すぐにマーリン様をお呼びしてきますっ！」

「いや、呼ばんでいいから」

　これはアレだな、と俺は思う。

憧れが過ぎて崇拝、崇拝を通り越して洗脳レベルだな。だけど不思議だな――

――俺はマリアを洗脳した覚えは一切ないんだけどな……。

まあ、この子の場合は一人でずっと気張って戦ってるからなァ……。

雷神皇のような分かりやすい権威が自分という存在を受け入れてくれるなら、こういう風になっちゃうのも仕方ないか。

長年、誰かに頼るとか、この前に言っていた甘えたいとかいうのは発想にすらなかっただろうし。

「話を元に戻そうか。しかし、話を聞く限り……俺のし、し、ゲフン、ゲフンゲフンッ！しそ、子孫っ！　そう、子孫はちゃんとお前を指導してんじゃないのか？」

「はい、それはそうなのですが……」

「すまないがマリア学生？　私の分のお茶も出してくれないだろうか」

「あ、はいマーリン様……でも場所が分からないですね。雷神皇様？　お茶のセットはどこに？」

「ああ、そこの戸棚を開けて――」

と、そこで俺とマリアは同時にマーリンにツッコミを入れた。

「何でいるんだよっ！」「何でいるんですかっ⁉」

そうしてマーリンはすまし顔を作る。

そのまま、長い銀髪をファサリとかきあげて、キメ顔を作った。

「まあ、私はエフタル様のストーキングが趣味のようなところもありますので」

「お願いだから趣味にしないでっ!?」

「私がいなければ神域強化ができません。強者《つわもの》が現れた場合にどうするのです。故に、私は常にエフタル様のお側《そば》にいようと心掛けているのです」

「しかし、どうやって突然現れたんだ？」

「レベル８：不可視《インヴィジブル》ですよ。マリアから不穏な空気を感じたのでつけさせてもらいました」

「高位魔法をそんなくだらないことで使わないっ！」

しかし、マーリンも腕を上げたな。

俺に気づかれないレベルでこの場の魔力の流れを一切乱さずにだって？

まあ、不可視っていう位だから隠匿系の術式は十重二十重ってのと、俺も完全に油断していたのもあるけどさ。

と、俺がため息をついていると、マーリンが意地悪く口元を吊《つ》り上げる。

「ところでさっきから気になっていたのだが、マリア学生？　貴様はいつものように自分のことを天才美少女だのとは言わないのか？」

「何をおっしゃっていますかマーリン様。私なぞはただの凡人ですよ」

「いや、お前は過去にそういう発言を――」

「ハロウィンパーティーか何かの仮装の時に、何らかのキャラになりきった時のこと……でしょうか？」

「いや、通常時だ」

「ふふ、マーリン様？　私が天才美少女などとそんな恥ずかしいことを言う訳がないでしょう？」

「いや、確かに言っていた」

「……ひょっとすると、天才美少女になりたいという願望の独り言を聞かれたのかもしれませんね。これは恥ずかしいところを見られてしまいました……てへっ♪」

マリアは小首を傾《かし》げて片目を瞑《つぶ》って……右拳で自分の頭をコツリと叩《たた》いた。

うん、完全ぶりっ子スタイルで、可愛らしい表情と仕草だね。

っていうか、いや、誰なんだよお前。

しかも、てへって……俺は困惑に包まれる。まあ、俺に自称：天才美少女とか言ってしまう、変人だと思われたくないってことだろう。いや、だったら普段からやるなよなとは思うけど。

と、そこで俺の悪戯《いたずら》心が疼《うず》いてきてしまった。まあ、昔から俺はマーリンに大小の悪戯を仕掛けるのが趣味みたいなところがあったしね。

「ところでマリア？」

「はい、何でしょうか？」

「話を聞くに、お前はどうやら普段は……俺の前でいるような感じではないようだな？」

「いやいやそんなことはありません。私はいつもおしとやかで――」

おしとやかっ⁉

「普段は他人のことを第一に考えて気を使って――」

普段はこっちは気を使わせられているんだけどっ⁉

「引っ込み思案の控えめな性格だと友人には良く言われます」

嘘《うそ》つけっ！　と、そこで更に俺の悪戯心が少しくすぐられた。

「ところでマリア？」

「はい、何でしょうか？」

「かつて俺には一人……困った弟子がいてな」

「まあ、雷神皇様を困らせるお弟子さんが？　どのような方なのでしょうか？」

「ワガママで――」

「はい」

「人を振り回して――」

「はい」

「高飛車で――」

「指導しても感謝の気持ちの欠片《かけら》も見えなくて――」

「はい」

「いつも胸を張って、ヴィシッと右手人差し指を指導者に向けてきて、偉そうなことを言ってくる自意識過剰な娘がいたんだ」

「それは酷《ひど》い馬鹿弟子ですね。師に対してそのような態度をとる人がこの世に存在するなんて……」

お前のことだよっ！

と、そこでマリアは何かに気づいたように「はっ」と目を見開いた。

「あ、それってひょっとしてマーリン様のことですか？」

「一度死んでみるか？　マリア学生？」

微笑を浮かべているが目の奥が一切笑っていない。師である俺ですら若干の恐怖を覚えるような眼差《まなざ》しだ。っていうか――

「話がすすまないっ！　で、何なんだよマリアッ！」

「あ、そうですね。実は私――悩みがあるんですけれど、聞いてくださいますでしょうか？　実はですね。私って普段は素直になれないんです」

「ふーむ？」

「雷神皇様のような異次元のレベルの存在の方であれば、こういう風に素直になれるんです。そもそも凄《すご》すぎて、例えば嫉妬の対象なんかにはなりえないですし、無駄な自己顕示をしないで済む……というか」

「……ほう？」

「学院だったら、どうしてもクラス内や学院内での序列を気にしてしまって、自分を大きく見せようとして……攻撃的になってしまったりするんです」

「……まあ、若いうちにはありがちなことなんじゃないか？」

「それで私は一年次だったら最上位の実力なんですけど、最近……私よりも凄い人が転校してきて」

凄い人？　ひょっとしてそれって俺のこと？

「色々と私に教えてくれて、すっごい感謝してるんです。でも、私……どうしても素直になれなくて虚勢を張っちゃって……」

「……お……おう」

「元々は使えそうなやつだったから利用しようと思ってたんですけど、でも、いつの間にかお人良しなそいつと一緒にいるのが悪くないなーとか思ったりしていて……」

「……それで？」

「それでですね。そいつって本当に凄いんですよ。私の欲しいものを全部持っていて、あんな領域に辿《たど》り着くなんて、どれだけ努力したらって……だから、本当に凄いなあ……って」

窓を眺め、俺は少しの間だけ物思いに耽《ふけ》る。

前世のことも、今世のことも、全てが一瞬でフラッシュバックしてきた。

普段、絶対にこういうことを言わないマリアに言われると、まあ色々と思うところはあるよね。

「だから、私はそいつを尊敬していて——私もまた努力という名の信仰に殉じる者です。恐らくは誰よりも、そいつは努力という名の信仰に殉じたっていう風に思いますから」

「うん、それで？」

「今、私はそいつに認められたいんです、そいつに一目置かれたいって思っているんです……多分。でも、素直になれなくて……教えてもらって感謝しかないのに反抗的な態度ばっかりとっちゃって。今日だって他の子がそいつに褒められたら……イラッときちゃって本当に酷い態度をとっちゃったり……」

ああ、やっぱり今日、マリアが不機嫌になったのは俺がアナスタシアを褒めたのが理由ってことか。

「……で、お前は何が言いたいんだ？」

「後になってやりすぎたって後悔することばっかりで……嫌われちゃうかもってベッドの中でバタバタしちゃったり。はは、やっぱり素直になれないそんな女って誰から見ても可愛くないですよね？　うっとうしいだけですよね？」

「どうなんだろうな。でも、これは俺の勘だけど、そいつはお前のことを滅多《めった》なことじゃ嫌わないと思うぞ」

「……そうなんでしょうか？」

「ともかく、素直になれないならなれるよう努力すればいい。感謝してるんだったら感謝すればいい。自分の中で完結させずに、相手にも分かるようにな」

「……素直にですか？」

「ああ、素直にだ」

「……素直になっていいんですか？」

「ああ、人間は正直なのが一番だぞ」

「……本当の本当に素直になっていいんですか？」

「ああ、構わん」

「だったらこの前みたいに――」

そうしてマリアは押し黙り、頬《ほお》を紅色に染め、ウルウルした瞳でこう言った。

「……あ、あ、頭ぽんぽんしてください」

不覚。

こいつもアナスタシア的に突然に飛び道具を撃ってくるタイプだったか。

「……」

「……」

しばし二人でお見合い状態に陥る。そして――

「ご、ごめんなさい！　調子乗ってごめんなさいっ！」

「……お、おう」

「怒りました？　変な子だって思いました？　めんどくさいやつって思いました？」

「……いや、思ってない」

「お、お、思ってないなら、残念な子を見る目で見ないでくださいっ！」

「……善処してみるよ」

と、そこで俺はマーリンに視線を移して――うん、何だか不機嫌になっているようなので見なかったことにしよう。

で、翌日。

教室に入ってきて早々、マリアは僕の机に小包を置いた。

「これはクッキー？」

「昨日、作り過ぎちゃってね。休憩中にみんなで食べようって思って持ってきたってワケ。感謝なさい？　私の手作りを振る舞われるなんて、たとえ余り物でも幸福なことなんだから」

「……ヤワなトレーニングはさせてないんだけど……疲労困憊《ひろうこんぱい》の中で良くクッキーなんて作れたね」

「き、昨日の夜中にお腹《なか》すいちゃっただけなんだから」

「……寝る間も惜しんでですか？　私なんて寮に戻ったらいつもすぐに……ばたんきゅーなのです」

不思議そうにアナスタシアが小首を傾げる。

そんなアナスタシアの純真無垢《じゅんしんむく》な視線を受けて、マリアは「むぐぐ」と肩を震わせる。

そして——

「き、昨日の態度は悪かったって……そう思ったのよ。だ、だから、こ、これ……は……おわび……なの」

最後の方は蚊の鳴くような声で聞こえなかった。

けれど、マリアらしい分かりやすい感じだねと、僕はクスリと笑ってしまった。

☆★☆★☆★

教練室で剣を握っていると、マリアが不満そうに声を荒らげた。

「ちょっとアンタ？」

「ん？　何？」

マリアの模擬剣を軽く払って、バックステップで距離を取る。

しかし、この娘《こ》はエルフだけあって弓の扱いは上手《うま》いけど近接戦闘はサッパリだね。スピードはあるんだけど……まあ、今後は後方支援に特化させた育て方をしたほうがいいだろう。

「ねえ、考え事されながら相手をされるこっちの気にもなってくんない？」

「いや、でも僕は十分対応できてるはずだよ？」

マリアの力量だと目を瞑《つぶ》っても対処できるのは間違いない。まあ、僕の場合は剣術の先生が良かったからね。

「だから、それがムカツクって言《い》ってんだけど？」

ムキーっとばかりにマリアが目を吊り上げてその場で地団駄を踏んでいる。

うん、この状態のマリアは暴れ牛と変わらないので、ここはスルーしておこう。

「じゃあ次はアナスタシアだね」

「は、はい！　頑張りましゅっ！」

やっぱり嚙《か》んじゃったところで僕は笑って――そこで間髪入れずに投げナイフが飛んできた。

「はは、相変わらずエゲつないね」

コンッと剣でナイフをいなす。まあ、ナイフと言っても木剣の類で模擬戦用のものなんだけど。

「あ、あ、あの……ごめんなさい！」

と、頭を下げられると同時にやっぱりナイフが飛んできた。

再度、剣でナイフをいなすと同時、僕の足回りに呪縛系の術式が巡らされた。

これは蜘蛛《くも》の糸のようなものを足元に巡らせる魔法なんだけど……やはり、アナスタシアは喧嘩《けんか》慣れしている。

不意を突く戦闘では、恐らくこの子は相当な次元だろう。何故《なぜ》に彼女がこうなってしまったかを知っているだけあって、ちょっと複雑な気持ちにはなるんだけどね。

「まあ、アナスタシアはそれでいいと思うよ。元々裏稼業だしね」

「はい、私……音を消して歩くのが癖になっちゃってますから」

どっかで聞いたような台詞《せりふ》だなと……クスリと笑って、僕は超速度でアナスタシアの背後に回る。

「でも、上には上がいるから。奇襲は初手で決めないと意味がない。最初の一手を必殺に変えることが今後の課題だね」

ゴンッと背後から頭に手刀《チョップ》。

「痛いんですーっ！」

アナスタシアは頭を抱えて涙目になった。

「しかし、可愛《かわい》い顔して裏稼業ね。まあややこしい事情みたいだから深くは聞かないけど……ともかくやっぱりアンタ等《ら》って結構な絆《きずな》で結ばれてるみたいよね」

と、訝《いぶか》しげな視線をマリアが向けてくる。

「はいなんです！　私とご主人様は切っても切れない関係なんです！」

言葉を投げかけられたアナスタシアは、嬉《うれ》しそうにピョンピョン小刻みに跳ねている。

「まあ、否定はしないけどね」

「ところで、アンタ等はどこまで進んでいるの？」

「進んでいるって？」

「主人と奴隷で男と女。オマケに固い信頼関係って言ったら……まあ、付き合ってはないにしろ、やることはやってんでしょ？」

突然に何を言い出すんだこのエルフはっ⁉　僕とアナスタシアは動揺して大口を開いてしまった。

「そ、そ、そんなことはしてませんっ！　どうしてそんなことを聞くんですかっ⁉」

「いや、純粋に興味からよ。まあ二人ともウブっぽいもんね。じゃあ、キスは？　それ位はしてんでしょ？」

「そ、そ、そんなことはしてませ――」

何かを思い出して……ボンッと破裂しそうにアナスタシアは顔を真っ赤にした。

「いや、してないこともないですけどっ！　でも、そうじゃないんです！　いかがわしい意味じゃないんですっ！」

ヒューッとそこでマリアは口笛を吹いて、ニヤリと笑った。

「ほら、やっぱりキス位はしてんじゃないの。やることやってんじゃないの」

「だ、だから違うんですっ！　いかがわしい意味じゃないんですっ！　アレはご主人様を驚かせようと思って！」

「いや、だからキスしたことあるんじゃん？」

そこでアナスタシアは両掌《りょうて》を突き出して、パタパタと左右に小さく振り始めた。

「あ、あ、あの！　だ、だ、だから違うんです！　わ、私は、ご主人様が好きとか、そんなのじゃないですからっ！」

「好きじゃないなら、じゃあ、ライク？」

「ラ、ラ、ライクじゃないですからっ！　っていうか好きとライクは同じ意味じゃないですかっ！　わ、私の気持ちは恋愛感情とかじゃないですからっ！」

「じゃあ、何なのよ？」

「私のご主人様への思いは――」

アナスタシアは押し黙り、そして大きく息を吸い込んでこう言った。

「ラブですからっ！　超ラブなだけですからっ！」

そうして、アナスタシアは顔を真っ赤にして回れ右して……教練室のドアへと走り去りながら叫んだ。

「恋愛感情とかじゃないですからーっ！　絶対に恋愛感情じゃないんですからー！　奴隷と主人でそんなのは無いんですからーっ！」

そんな彼女を見届けながら、僕とマリアはその場でズッコケそうになった訳なんだけど……。

まあ、大事なことなので二回言った位だから、恋愛感情がないというのは信用しておこう。

ラブっていうのも、奴隷として待遇をよくしてくれるご主人様ラブっていう意味なんだろう。

っていうか、ややこしくなるからそうだと思い込んでおこう。

まあ、正直な話、テンパりすぎて自分で何を言ってるのか分からない状態だったとも思うしね……。

「ところでエフタル？　いよいよ明日が修了検定の日ね」

「うん、そうだね」

「フランソワーズ……アイツも来るのよね」

そうして僕はマリアの背中をバンと叩《たた》いた。

「エルフ全体を見返す前に、あの子をまずは驚かせてやるといいよ。今のマリアは一か月前とは違うんだから」

「何当たり前のこと言ってんの。こちとら——伊達《だて》にアンタの無茶《むちゃ》なカリキュラムをこなしたんじゃないんだからね」

と、マリアは力強く大きく頷《うなず》いた。

「ところでマリア？」

ドアから顔を出して、アナスタシアが遠くに行ったことを確認した僕は懐から指輪を取り出した。

これはマーリン……いや、僕の屋敷で一番大事に厳重に保管されていたものだ。

まあ、アーティファクトでもあり、個人的にも思い入れのある品だ。

だからマーリンは僕の意を汲《く》んで、この指輪には最大限の注意を払ってくれていたんだよね。

「この指輪を使った秘術がある。君ならできるはずだ」

そうして僕は教練室の的に指輪を放り投げる。

「まずは指輪の周囲に水を纏《まと》わせる……レベル１：水弾《ウオーターボール》」

続けざま僕は指輪に纏わせた水球に向けてレベル２の魔法を放った。

「レベル２：炎槍《ファイアーランス》」

そして、マリアは直後に起きた大爆発を見て、ただただパクパクと口を開閉させた。

「ちょっと何……コレ？　何なのコレ？　水に火を入れて、どうしてこんなことが……？」

まあ、驚くのも無理はない。だってこれって現代知識の応用だからね。

「理屈から説明するね。つまりは――」

そうして僕はマリアに大まかな魔法と化学の理屈を説明してあげた。

今まで考えたことも聞いたこともない理屈だったようで、マリアは見る間に顔を青くしていく。

「本当にアンタってとんでもないのね……」

「僕が凄《すご》い訳じゃない。まあ、これはマーリンでも知らないエフタル一門の秘術だからね」

「でもさ、なんでマーリン様でも知らないような、そんなとんでもない秘術を私に教えてくれるの？」

そうして僕は床に転がった指輪を拾い上げて、マリアに差し出した。

「教えたんじゃない。僕は君にこの秘術を授けたんだ」

マリアは指輪を受け取って、そしてゴクリと息を呑《の》んだ。

「どうして私にそこまでしてくれるのエフタル？　術の発動にはこの貴重な指輪が必須なんでしょ？　私の知る限りはこんな金属は……古代魔法文明でもないと存在しえないと思うんだけど？」

まあ、僕としても偶然に手に入れたものだからね。

こんな金属がそこらにあったら、この術法も既に誰かが発見していただろうし。

「マーリンは君みたいに生き急いではいなかったしね。まあ、必ず君の役に立つと思うよ」

☆★☆★☆★

さて、いよいよ合宿も大詰めとなり修了検定の日がきた。

試験は合宿所のいつもの教練室で行われるのだけど、トップバッターは僕達一年次となる。

僕達は教練室に他のみんなより相当に早い時間に来たので一番乗り……いや、二番乗りか。

と、いうのもマリアに対して個人的な事情で早い時間に呼び出しをしたエルフがいた訳だ。つまりは――

「あら、マリア？　臆さずにちゃんと来たのでございますね？」

「そりゃあ来るわよ。私は逃げる訳にはいかないのよ。特にフランソワーズ、アンタみたいに私の氏族を馬鹿にするような奴相手にはねっ！」

「ふふ、試験は私のエキシビションから開始される。そして修了検定のトップバッターは貴女《あなた》。つまりは同じエルフの私と比べられて恥をかくことになるのでございますよ？」

「で、わざわざ呼び出しなんて……何の用なのよ？」

「エルフ族の恥さらしにならぬように、事前に貴女の魔法を見ておこうと思いましてね」

「恥さらしにならないように？」

「真に力のある私が……貴女を人前に出してもいいかどうかの査定をしてあげると言っておりますのよ？　むしろ感謝していただきたいものですわね」

「要は、今ここで修了検定の試験を事前に行えと？」

コクリとフランソワーズが頷いて、マリアも望むところだと胸を張った。

で、試験内容はお決まりのパターンのようで、人型の的に対しての攻撃魔法を放つという形だね。

ただし、今回は単体の的ではなく半径二十メートル内に、複数点在する的となっている。

――つまるところは範囲殲滅《せんめつ》魔法試験。

殲滅魔法は広範囲の複雑な魔力操作が必須となる。

まあ、クラス代表としての最低限の資質を見るには妥当というところだろう。

「固有魔法：魔樹隆起《ウッドエッジ》は半径十五メートルの殲滅魔法。つまりは――」

そうしてフランソワーズはパチリと指を鳴らしてエルフの固有魔法――否、固有結界とも言うべき樹木の槍を地面から呼び出した。

「御覧の通りに点在する的の範囲内、その総数の八割がたの破壊を可能としますわ。ここが戦場であれば、既に私は優秀な魔術師として実戦段階でしょうね。何しろレベル４下位相当の魔法をこの年齢で行使できるのですから」

粉々になった的を見て、誇らしげにフランソワーズは胸を張った。

そうして、隣のエリアを指さし、マリアに対して挑戦的な笑みを浮かべる。

「さあ、やってごらんなさい。そうでございますね。修了検定では半径八メートルの的破壊が合格基準。ただし、貴女はエルフの代表なので半径十メートル以上は破壊しつくさなければ恰好《かっこう》はつきませんわよ？」

「半径十メートル？」

「ええ、そうでございますわ。まあ、レベル４を扱えない貴女では半径八メートルもギリギリということでございましょうけれど……ふふっ、本当に才無き者とは哀れでございますね。十六歳にもなって未《いま》だにレベル３で燻《くすぶ》っているとは……氏族長の娘が聞いて呆れますわ」

言葉を受けたマリアは肩をすくめて、クスリと笑う。

「別に二十メートル圏内の全てを破壊しちゃいけないなんて、そんな決まりはないわよね？」

マリアの言葉にフランソワーズはビクリと肩を動かし、そしてすぐに笑い始めて——

「クスクス……クク……くははっ！　はははっ！」

腹を抱えてフランソワーズは、今にもその場で転げまわらんばかりに大声で笑い続ける。

「あ、あ、頭がおかしくなったのですか？　半径二十メートルと言えばレベル４最上位の領域でございます。エルフの固有魔法を超えるようなシロモノを……学生レベルで使いこなせる訳なんてないでございますっ！　くふふ、アハハ、ハハハハハ！」

言葉には取り合わず、マリアは歩き始める。

そうしてフランソワーズが破壊したエリアの隣に立った。

「ねえねえマリア？　おバカなのですか？　元々そんなに頭がいい訳じゃないのにおバカになっちゃったのですか？　ねえねえ、レベル４を使えるなんて夢物語を本気で思っちゃったのですか？　ああ、夢の中でなら使えるのかもしれないですわね。でも、ざ——んねんっ☆　ここは現実なのですっ！　私ができないことを貴女ができるはずもないのですよ！」

「…………フランソワーズ？」

マリアは掌《てのひら》を掲げて前方の的群に向ける。

「アンタ……いい加減に黙りなさい。レベル４最上位——魔法炎矢舞踏撃《ファイアーダンス》っ！」

マリアの掌から無数の魔法の矢が放たれる。

この魔法で放たれる矢の数は総数が百だ。で、最初に放った二十七発は全ての的の心臓部分に直撃して爆炎と共に粉砕した。

うん、流石《さすが》にエルフは弓の名手だね。

魔法のコントロールも完璧で、精密射撃については僕が教えた方が逆効果になりそうだ。

まあ……他の部分でまだ甘いところも多々あるけど上出来だろう。

で、残りの七十三の矢は全てが等間隔に半径二十メートル内の床に突き刺さり、そして爆発した。

「お見事。良い範囲爆撃だね」

円内の全ての箇所に過不足なく均等に爆発が行き渡っている。

これは完璧に殲滅魔法としての魔法炎矢舞踏撃《ファイアーダンス》を使いこなしていることを意味している。

で、それを目の当たりにしたフランソワーズはと言えば——

「レ、レ、レベ……レベル４最上位……しか、しかも……完璧に扱いこなしている……ですって？　これは幻覚？　幻術……魔法？」

とても信じられないという風にフランソワーズは大口をあんぐりと開けていて、マリアはそんな彼女にゆったりとした歩調で進んでいく。

「これは幻覚でもなく幻術でもないわ」

「じゃ、じゃ……じゃあこれは？」

「これが今の私の全力よ。ただそれだけの話ね」

そうして血の気の引いたフランソワーズは「馬鹿な……」との言葉と共にその場でへたりこんでしまったのだった。


――で。

それから二時間ほどが経《た》って、いよいよ修了検定が開始した。

ちなみに、へたりこんだフランソワーズはマリアのことをライバルとして認めたようで――

「いつか貴女を必ず追い抜きますので」

「私もそうは簡単に追いつかせないからっ！」

と、最終的には握手までして一件落着ということになった。

ちなみにフランソワーズのエキシビションは見事なものだった。エルフに伝わる固有魔法ということとも合わさって、一同から盛大な拍手を受けていたしね。

で、僕はと言えばフランソワーズのエキシビションで盛大な拍手なら、マリアやアナスタシアはどうなっちゃうんだろうか……と不安な気持ちになった。

けれど、それは少なくともマリアについては杞憂《きゆう》に終わったようだ。

と、いうのも初っ端《しょぱな》から面倒が起きたからだ。

「レベル４：魔法炎……え？」

何と、試験のトップバッターだったマリアが術式を組み始めると、構築途中で魔術が四散してしまったのだ。

信じられないとばかりに彼女はただただ自分の右掌《みぎて》を見つめている。

同時に僕はマリアに向けて駆け寄った。

「マリア？」

「これはエルフの……禁術？」

マリアの心臓あたりから嫌な気配を感じる。

魔力の流れを見るにこれは呪いの類であることは明白だった。マリアの言ったエルフの禁術という言葉はビンゴだろう。

「エルフの禁術っていうと、確か一時的に扱うことが可能な魔法のレベルが２も下げられるっていうアレだね。呪いを仕掛けられた心当たりは？」

マリアは少し何かを考えて「はっ」と大きく目を見開いた。

「さっきフランソワーズと握手をした時、本当にちょっとだけど……静電気みたいなのが走ったわ」

だろうね。っていうかフランソワーズ以外に考えられない。

本当に今しがた気づいたみたいな感じだし、良くも悪くも真っ直《ます》ぐで根が単純なマリアらしい失敗ってところか。

少なくとも、アナスタシアなら……普段はすっとぼけている風に見えても、こんなマヌケは踏んでいないだろう。

と、そこでフランソワーズがマリアに向けて優雅な仕草で歩いてきた。

「あらあらマリアさん？　どうしましたか？」

キッとマリアは睨みつけるが、フランソワーズは一歩も引かない。

「アンタ……何でこんなことをっ⁉」

「だって私……貴女に恥をかかせるためにここにいるのですもの」

「恥をかかせるって……？」

「だって貴女はそこそこ優秀ですからね。今後魔族の魔法学院でもそこそこ優秀な成績を納めるんでしょうよ。でもね、それは貴女がエルフという選ばれし種族だからなのですわ。同じエルフの私と比べると貴女なんてエルフの中の劣等種であると……ここにいる面々にそれを教えるためだけに、私は今回のエキシビションの招待を受諾しましたわ」

「たったそれだけのために？　全ては私への嫌がらせのためだけに？」

「そうでございます。ところでどんな気持ちでしょうか？　レベル４の魔法を使えずに

――レベル2しか扱えずに私に無様に敗北して恥を晒《さら》す。ねえねえ、それってどんな気持ちでしょうか？」

クスクス笑いはやがて大きくなり、そしてフランソワーズは醜悪な笑い声をマリアに浴びせかけた。

「キャハッ！　キャハハハッ！　ねえねえマリア？　今どんな気持ち？　ドジ踏んでハメられるのってどんな気持ち？」

そしてひとしきり笑った後、真顔になって、フランソワーズは地面に唾をはきかけてこう言った。

「マ・ジ・ウ・ケ・ル…………キャハハー！」

と、そこで僕はマリアの肩をポンと叩《たた》いた。

「……解呪しようか？」

「フハハッ！　本人がマヌケなら仲間もマヌケのようですわねっ！　これはエルフ族に伝わる古代呪術アーティファクトを使ったレベル7相当の超術式っ！　積年の負の感情を溜《た》め込むという数十年の準備が必要な呪いですわっ！　そうは簡単に解呪なんて――」

「レベル9：熾天使刻印《トゥルー・ディスペル》」

マリアの心臓から溢《あふ》れ出た黒いモヤを銀色の光が包み込んで浄化していく。

それはつまりは、ミカエルの祝福がマリアにかけられた呪いを瞬時の内に掻《か》き消したということだ。

そしてフランソワーズは――

「ファッ⁉」

と、奇声を発して右の鼻の穴から鼻水を噴出させた。

「ってことで、後は実力どおりにやればいい」

そうしてしばし何かを考えて、マリアは首を左右に振った。

「いや、いいわ。私はレベル4は使わない。レベル2までの範囲の他の方法でこいつに勝ってみせる」

「どういうこと？」

「こいつはどこまでも汚いやつよ、でも、私がまんまとハメられたのは事実。戦場で後ろから撃たれたなんて泣きごとにもなんないでしょ？」

僕は肩をすくめて、そして思った。

うん、やっぱり眩《まぶ》しい。マリアは本当に、僕にブリジッドの眩しい姿を思い出させてくれる。

「ねえエフタル？　私はいつまでもアンタにオンブにだっこじゃいられない。戦う力はもう貰《もら》っているから、アンタの解呪には頼らない。呪いは喰《く》らった前提で魔法はレベル２までよ。今、私にある手札だけでフランソワーズに勝ってみせるわ」

「じゃあ……お手並み拝見といこうか」

そうしてマリアは懐から指輪を取り出して、的の群の中心に狙いを定めて放り投げた。

「つっても結局借り物で情けないんだけどさ。でも、貰ったからには私の力ってことで。まずは指輪の周囲に水を纏《まと》わせるんだよね……レベル１：水弾《ウォーターボール》」

続けざまマリアは、指輪に纏わせた水球に向けてレベル２の魔法を放った。

「レベル２：炎槍《ファイアーランス》」

マリアが投げた指輪の成分は、魔法で特殊な加工を施したジルコニウムだ。

そしてジルコニウムは九百度に達すると周囲の水と反応して水素を発生させる。で、水素と言えば爆発性の気体ってことだね。

――つまるところは水素爆発。

それに、そもそも論として水に巨大な熱量を加えると水蒸気爆発も起きるので、更に威力は増すという寸法だ。

元々、この指輪は古代魔法文明の都市で発掘されたというシロモノなんだよね。

施されている数多《あまた》の補助魔法の因果関係が良く分からないということで、有用性を疑問視されていたものなんだ。

なので、アーティファクトとしては相当に捨て値で流れてきたんだけど、水素爆発の知識がある僕はジルコニウムという元素にピンときた。

そして、予想通りに簡易な魔法を使用するだけで、水素爆発を引き起こすに最適な術式が施されていたんだ。

まあ、恐らくは古代の駆け出し魔術師のお守り刀のようなものだったのだろう。

未熟な魔法でも、それなり以上の力を安易に引き出せてしまう。

そんな古代魔法文明の技術に驚いたものだけど、ともかくこれは初心者用のチートアイテムと言っても差し支えない。

何しろその威力は、二十メートル圏内の全ての的が吹き飛んでいることから一目瞭然なのだから。

「何ですの……これ？　ありえないのですわ！　こんなの、こんなの、こんなのっ！」

そうしてマリアは薄い胸を張った。

「これは私の学んでいる学派の秘術よ。借り物の力だけど、アンタのレベル7の呪術もエルフのアーティファクトに起因しているんでしょ？　だから、それはお互い様」

「私が、私が……禁術まで使って貴女《あなた》なんかに負けるはずが……」

「つまりは普通の勝負でも、場外乱闘でも私の勝ちってコトね」

と、そこでいつの間にか僕の横に立っていたマーリンがフランソワーズに語り掛けた。

「ところでエルフの娘よ」

「何でございましょうかマーリン学長？」

「私が管理する学び舎《まなや》の試験において、禁術の行使とはどういう了見だ？」

「ぐっ……！」

「エキシビションであれば邪道の術でも大いに了承しよう。皆の後学のためになろうしな……しかし、今のは明確な試験妨害だ」

フランソワーズの顔から血の気が引いていくが、彼女は唇を噛《か》みしめて眉間に皺《しわ》を寄せた。

「この学生は私の氏族の居候でしてね？　そう……この学生は私の所有物！　いえ、ペットなのです！　そうであれば飼い犬に飼い主が何をしようが――」

言葉を受けて、マーリンは能面のような表情でピシャリと言い放った。

「たとえ貴様のかつての飼い犬だろうが、学籍を置いている以上は私の管理下……今は私の犬だっ！　私の飼い犬に対してそのような真似《まね》は許さないっ！」

いやはや、凄《すご》い理屈だねと僕は苦笑する。

そうしてマーリンはフランソワーズの胸倉を掴《つか》んで、片手で高々と持ち上げた。

「魔術学会を通じて、貴様の氏族に正式に抗議させてもらう。族長である父親から……コッテリと絞られるがいい！　痴《し》れ者《もの》がっ！」

そのままマーリンは教練室の入り口……十メートル位の距離にわたってフランソワーズを宙に舞わせた。

「キャインッ！」と、蹴られた犬のような声がしたんだけど、恐らく床に頭から落ちたんだと思う。

で、しばらくしてからチャリンと音がした。遠目にイヤリングを落とした風に見えたけど、まあそれはいいか。

そうしてそのままドアが開いて、這《は》いつくばるようにしてフランソワーズは消えていった。

「だから私は部外者を入れるのは反対だと……魔術学会の上層部は仲良し倶楽部《くらぶ》が好きだから仕方ない部分はあるがな」

マーリンは眉間に人差し指をあてがいながら、ブツブツ言いながら試験監督席に戻っていった。

そして、入れ替わりに――

――ゴスロリ服の男《おとこ》の娘《こ》がいつの間にか僕の背後に立っていた。

「ふむ、エルフの小童《こわつぱ》？　中々に面白いもんを見させてもらったのじゃ」

突然のサーシャの登場に、マリアと僕は呆気《あつけ》に取られて大口を開いてしまった。

「まあ、カラクリは秘密ということじゃろう？　そこまで無粋ではありゃあせぬ」

そうしてサーシャは楽しげに笑ってこう言った。

「しかし、こんなことをするのは四百年前の馬鹿弟子以来じゃのう。未知の魔術体系……久方ぶりに血が滾《たぎ》ったぞ」

「あの、サーシャ様？」

マリアの言葉にサーシャはゴキゴキと拳の関節を鳴らすことで応じた。

「どうにも血が滾り収まりがつかん。つまりは――遊んでやるということじゃ。かかってこいっ！」

え？　この人は何を言っているんだ？

昔からおかしいとは思っていたけど、まさかこれほどだったとは……。

そうしてサーシャは自らの髪をまとめているリボンを指さした。

「そうじゃの、我のリボンを取った者には修了検定の合格どころか……翡翠《ヒスイ》大勲章をやろうっ！　早い者勝ちじゃ！　我と模擬戦をやる輩《やから》はおらんかっ!?　なあに、ヒヨコ相手に怪我《けが》をさせるほどに我も子供ではない。安心してかかってくるがいい」

「最優良学生に授けられるという翡翠大勲章ですか？　でも、そんなことといくらサーシャ様でも独断でできるんですか？」

「我を誰だと思うておる？　そもそも我に一目置かれるとはつまりはそういうことなのじゃぞ？」

翡翠大勲章はマリアの当面の目的でもある、学生の最高峰の名誉だ。

で、当然ながらマリアの目の色も変わって、他の面々にしても、ノーリスクで大勲章受章のチャンスを得たということになる。

つまりは二年次生の周囲の学生達も、にわかに殺気立つ訳で……。

そうして全員が僕達を取り囲んで、サーシャはニタリと不敵な笑みを浮かべる。

「ほれ、エルフの小童にそこの桃色の髪の小童？　貴様らも数に入っておるぞ？」

さて、ビックリする位に僕が蚊帳の外で話が進んでいるぞ。

と、呆気に取られている僕を置いてけぼりにして、サーシャはその場で宣言した。

「ルールは簡単じゃ！　貴様らは魔法でも何でも使っていい！　我は肉弾戦のみで応じよう！　ここにいる我と学生三十人……つまりは一対三十っ！　直々の模擬戦じゃっ！」

その言葉と同時にマリアとアナスタシアも含めて、僕以外の全員がサーシャに飛び掛かっていった。

いやはや、みんな目が血走っているし、翡翠大勲章って本当に相当な名誉なことみたいだね。

☆★☆★☆★

で、なんやかんややって数分後。

爆発魔法を行使した訳でもないのにプスプスと煙をあげて、気絶した学生達の山がその場には築かれていた。

あ、何故《なぜ》か教育官連中もボコられている。しかも瞬殺。いやはや、本当にサーシャはとんでもない。

これで今、この場で気絶をしていないのは僕とマーリン……まあこの二人は最初からやる気ないからね。

それとマリアとアナスタシアだ。この二人はサーシャのデタラメを目撃した瞬間から様子見に入っていたらしい。

うん、僕の「勝てない相手からは脱兎《だっと》の如《ごと》く逃げろ」という教えが生きているみたいだ。

「ど、ど、どーすんのアナスタシア!?」

「こ、こ、こんなの相手にできる訳がないですよっ！　無理、やっぱり無理だったんですっ！　伝説の大賢者相手に模擬戦だなんて！」

そこでサーシャは指を立たせてチッチッと舌打ちをした。

「ならばハンデとして両手の打撃を使わずにやってやろう。こっちからは打撃は出さぬし、変わらず魔法も使わぬ。お前らについては何でもありじゃ。ただしマーリン？　貴様は参加してはならんぞ？　貴様が出てくるなら遊びじゃなくなるのでな」

マリアとアナスタシアはしばし何かを考え「それなら……」と、同時に小さく頷《うなず》いた。

「それじゃあまずは私から。一人でいくわね」

言葉と同時にマリアはアナスタシアに視線を送った。

アイコンタクトか。と、なると、その意図は初手で決めるということなのかな。

まあ、二人も力量の違いは分かってるだろうし、不意をついて一発で決めるしか無理だろうね。

さて、それじゃあ二人のお手並み拝見といこうかなと思ったところで、マリアがサーシャに飛び掛かった。

「ほう、エルフの小童。二年……いや、三年次かの？　まあ、スピードは十二分じゃ、褒めてやる。学生レベルとしては最上位クラスじゃとな」

マリアの剣を涼しげな顔でサーシャは避《よ》け続けていく。

うーん、やっぱりスピードは認めるけど剣士としてのマリアはイマイチだね。

「サーシャ様！　私は一年次ですっ！」

マリアはレベル４の炎弾を三つ放ち、同時に突きを繰り出した。

そこでサーシャは感嘆の表情を作る。

「ほう、これだけの魔法と剣の連携、これで一年かの。こりゃあ、間違いなく麒麟児《きりんじ》じゃ。今の時代の魔法学院一年なら九十七点をやってもいいぞ」

ニヤリとサーシャが笑って、曲芸のような動きで全ての攻撃を避けて——マリアの手首を摑んで捻《ひね》り上げた。

「キャッ！」

「じゃが、動きが直線的に過ぎる。まずは経験不足を自覚することじゃ」

「え？　大賢者様？　こっちには腕を使った攻撃はしないって……？」

「うむ？　我は打撃は出さないと言ったのじゃが？　関節を極《き》めないなんて言っておらんぞ？」

「関節？　何ですかその技は？」

「東方では武装不可の宮殿警護等で割とポピュラーなのじゃがな。まあ、その昔、我はこの遊びで馬鹿弟子に投げられたことがあるのじゃ。千二百年生きたが、後にも先にも不覚を取ったのはあの一回だけじゃ。と、そんな理由で、四百年前から我は投げ・絞め・関節については少し研究しておってな」

いや、師匠、あの時のこと未《いま》だに覚えてるんですか。

と、それは良しとして、そのタイミングでアナスタシアがサーシャの背後に迫っていた。

それで、後ろからサーシャのリボンに触れようとした瞬間、アナスタシアが宙に舞った。

腕を摑んでからのそのままの流れで背負い投げだ。

うん、上手《うま》い。確かにサーシャは組技を高いレベルで修めているようだ。

「足音を消して、同時に気配消しとな？　大人しそうな顔して裏稼業の技を扱うとはな」

そうして、パンパンとサーシャは掌《てのひら》を鳴らした。

「ま、我に通じる訳もあるまいがな」

さて、最初のアイコンタクトは今の二人の連携のことだったんだろうけど……。

マリアがサーシャの気を引いて、気配と足音を消したアナスタシアが背後から仕掛ける。

悪くない手だとは思うけど、遥《はる》か格上相手にそれじゃあちょっとお粗末かな。

「なら、これでどうよっ⁉」

「なぬっ⁉　エルフの禁術……となっ⁉」

さすがの師匠もコレには動揺したらしい。

っていうか、僕もビックリした。まさかこの場に残っていたフランソワーズの術式に再度魔力を流して再利用するとはね。

先ほどフランソワーズがマーリンに投げられた際に入り口付近に落とされたイヤリング。

あれが呪いを発動させるエルフのアーティファクトで、様子見の最中に回収していたって感じか。

「レベル９：熾天使刻印《トゥルー・ディスペル》」

そうして師匠は呪いを喰《く》らう直前に解呪魔法でレジスト。

そこで、間髪入れずにマリアは懐から植物の種を取り出して――

「薔薇呪縛《ローズ・バインド》っ！」

確か、エルフが好んで使う呪縛魔道具だね。

しかし、ここで更にもう一手仕掛けるか。この子達戦闘のセンスは悪くない。

あ、師匠の足に薔薇の茎が巻き付いた。これで右足も使えず、その場から動けない。

当然、マリアとアナスタシアはここが好機とばかりに仕掛けていて、正面と背後の二点からによる同時攻撃だ。

打撃も魔法も禁止している以上、さすがにこれは師匠も捌《さば》けないんじゃ……って、ええええっ⁉

師匠、自分で魔法を使わないって言ったのに魔法使うつもりですかっ⁉

「フンッ！」

そうして二人が宙を舞った。

一見、東洋の神秘……闘気っぽい何かで全員を吹き飛ばしたように見えたけど、今のは間違いなく風魔法だ。

あまりにも静かな魔力運用だったから二人は一切気づくことができていないレベルだと思う。

けど、マーリンも呆《あき》れ顔になっているので、こっちは気づいたっぽいね。

「ちょ、ちょっ⁉　何っ⁉　何っ⁉　今のは？」

キョトンとした表情でマリアが叫んで、ドヤ顔でサーシャが薄い胸を張った。

「これは闘気解放っぽい何かじゃっ！」

「闘気？」

「東方のおとぎ話で聞いたことがないかのう？　竜殺しなぞが使用するが……ま、我の次元になると朝飯前というところじゃ」

いや、かなり無理ある説明でしょ。しかし、昔から変わらず負けず嫌いな人だな。

自分から超絶舐《な》めプレイを仕掛けて、危なくなったらちゃぶ台返しって……弟子として恥ずかしい。

そもそも闘気なんていう概念は、東方で相当な特殊訓練を積んだ人しか使えない。勿論《もちろん》、師匠は魔法使いだし、使える訳がない。

っていうか、魔法の代理みたいな技術だから、覚えるだけ無駄だし、覚えたら既に脳に刻み込んでいる魔術式に干渉して元から覚えていた魔法が弱体化してしまう。

「へー、伝説の魔導士様のレベルになるとそうなんですか」

「おとぎ話の世界だけだと思ってた。これが闘気？　まさか実在するなんて……」

恐れ入ったという風に二人は目をパチクリさせている。

あ、信じちゃったのね。ってか、二人とも素直だね。保護者の僕としては将来の君達が心配になってくるよ。

「ということで、まだやるかのヒヨコ達？」

「……あの……えと……いえ、もういいです」

「私も……もういいわ。勝てる気しない」

「では、これで終わりじゃ」

サーシャは瞬時に二人の背後に回って、首筋に手刀を入れて気絶させた。っていうか……酷《ひど》い。負けを認めた相手に追い打ちなんて。

「ふふ、次はマーリンが来てもいいのじゃぞ？」

と、そこで師匠がニヤリと笑って動きを止めたところで――

――身体能力強化っ！

足音と気配を消して、僕は猛スピードでサーシャの背後から忍び寄る。

まあ、不意打ちで悪いですけど、マリアが翡翠《ヒスイ》大勲章を欲しがっていますのでね。

そして一気に詰め寄って、僕はサーシャのリボンに手を伸ばした。

「なっ⁉ なんというスピードだ！ この小童《こわっぱ》がっ！」

迫りくる僕に気づいたサーシャは、驚愕《きょうがく》の表情と共にこちらに振り返った。

でも、遅いっ！ この状態から反撃や回避——何をするにしても、僕の方が早いっ！

そうしてそのままサーシャは右掌《みぎて》をこちらに向けて、次に、震えが来るほどの莫大《ばくだい》な量の魔力が掌《てのひら》に流れて——

「レベル8：炎神爆破《イフリート》」

何だってっ⁉

この人、学生相手にレベル8を使ったぞっ⁉ っていうか、ここからじゃこっちも魔法を使わないと回避不能っ！

「レベル7：四精霊極大防御陣《エクストラマジックガード》」

当然、師匠のレベル8を僕のレベル7では防げない。

くっそ、こんなところでレベル7の重ね掛けをすることになるなんて……っ！

「もう一つ……っ！ レベル7：四精霊極大防御陣《エクストラマジックガード》」

ドドドドドドドドドッ！

地獄の業火を四精霊の加護が防ぎ、魔法を分解する重々しい音が部屋に響き渡る。

そうして、煙だけを残して部屋から炎が焼失した。

「……」

「……」

互いに見つめあうこと数秒、サーシャは大きく大きく目を見開いて驚いているようだ。

いや、驚きたいのはこっちだよ。どうして貴方《あなた》は学生相手に躊躇《ちゅうちょ》なくレベル８を繰り出せるんですか？

完全に迷いなく、今、ノータイムでレベル８を発動させましたよね？　そうしてサーシャはフンッと笑い、薄い胸を張った。

「なるほどの。お主はやはり猛虎じゃったか」

「……」

「もう隠し通せぬぞ？　お主何者じゃ？　思わず、ちょっとだけ本気を出してしまったのじゃ」

ちょっとだけ本気でレベル８……ね。まあ、それを本気で言ってるからビックリだよこの人は。

しかし、この問いかけにどう答えたもんかな。どうしよっかなー。この人本当に面倒くさいもんな。

「まあ、それは秘密ですね」

ポカンとした表情を浮かべた師匠は「ははは
っ!」と笑い、そうして――

「なら、力ずくで吐かせてみせようぞっ!」

まあ、そう来るでしょうね。

サーシャのボルテージが見る間に上がり、全身をとてつもない魔力が包んでいく。

いやはや本当にとんでもない魔力量だ。と、同時に僕の全身を震えが襲ってくる。

しかし、これは恐怖によるものではなく武者震いだ。言いかえるのであれば……これは歓喜っ!

ははは、あー、もう懐かしいなこの感じっ! 全力を出しても勝てそうにないこの感じ……!

ふふ、そうだね、僕――

――いや、俺はこういうギリギリのやり取りをやりたくて、もっと強い奴《やつ》に会って、もっと強い自分を強大な何かにぶつけたかったんだからなっ! それが故に生まれ変わったんだ!

「あいにくだが、俺は昔の俺じゃないぜ?」

「ほう、あの時と同じじゃな。身を包む魔力の質が変わったじゃと？　しかし、この感じどこか懐かしい……っ！」

　ああ、そりゃあ懐かしいだろう。四百年ぶりの弟子とのご対面って奴だからなっ！

「レベル８：雷神撃《トールハンマー》」

「レベル９：絶対障壁《パーフェクトガード》」

　俺のレベル８と同速度でレベル９を練りやがった。

　はは、とんでもねえ……相変わらずとんでもねえな、この人はっ！

「レベル７：魔王炎熱陣《エビルフレア》っ！」

「レベル７：四精霊極大防御陣《エクストラマジックガード》っ！」

　さあ、どんどんいくぜっ！　防戦一方のままでこのまま押し切らせてもらうっ！

「レベル７：覇王風神刃《カオスウィード》っ！」

「レベル７：四精霊極大防御陣《エクストラマジックガード》っ！」

「レベル７：絶対氷結《コキュートス》っ！」

「レベル７：四精霊極大防御陣《エクストラマジックガード》っ！」

　全弾防がれているが、それでいいっ！　まだまだあああっ！

「レベル７：星突刃《アースエッジ》っ！」

「レベル７：四精霊極大防御陣《エクストラマジックガード》っ！」

「その攻撃魔法の連打に何の意味があるのじゃっ⁉　お主なら更なる高位魔法を扱うのも造作もないじゃろうにっ⁉」

「やってりゃ分かるさっ！　レベル７：魔王炎熱陣《エビルフレア》っ！」

「レベル７：四精霊極大防御陣《エクストラマジックガード》っ！」

そこで、今まで涼しげだったサーシャの顔色に変化が生じた。

ようやく気づいたらしいが、気づいたところでどうこうできる訳もねえっ！

魔法適性無しが故に、極大魔法の術式を組むのが異様に遅かった俺が編み出した、レベル７の連打……！

このレベル帯ならば、俺は最速だっ！

「レベル７：覇王風神刃《カオスウイード》っ！」

「ぐぬぬっ！　何じゃこの処理速度はっ！　尋常ならざる超常の術はっ⁉　レベル７：四精霊極大防御陣《エクストラマジックガード》っ！」

尋常じゃないってのは俺が言いたい位だよ。

何なんだよその速度――どうして俺と処理速度が大して変わらねーんだよっ！

「レベル７：絶対氷結《コキュートス》っ！」

「レベル７：四精霊極大防御陣《エクストラマジックガード》っ！」

だが、僅かに俺が速い、ならば――サーシャの処理が追い付かなくなるまで連打するまでだっ！

「捌《さば》ききれるものならやってみせろっ！　レベル７：魔王炎熱陣《エビルフレア》っ！」

「男ならば極大魔法同士で勝負を決めてみせるのじゃ！　レベル７：四精霊極大防御陣《エクストラマジックガード》っ！」

誰がお前みたいな奴相手にレベル10で勝負するかっ！　レベル10の術式構築の時間なんざ、意地でも与えねえっ！

「レベル７：覇王颪神刃《カオスウイード》っ！」

「くっそ！　ちょこまかちょこまかチマチマチマチマとっ！　レベル７：四精霊極大防御陣《エクストラマジックガード》っ！　ほんにやりづらいっ！　お主も男なら極大魔法……レベル10同士で勝負せいっ！」

「それだとテメエ等《ら》みたいなのを相手にできねーから、こうやってんだろうがっ！」

サーシャはこのままやりあっていては、いつか処理速度で押し負けて、レベル７の直撃を食らうと察知したのだろう。

と、そこでサーシャの肉体が漆黒の闇に包まれて――

――不味《まず》いっ！　アレが来るっ！

慌てて俺は不死者に最も有効なレベル7を練り上げる。

「レベル7：魔王炎熱陣《エビルフレア》っ！」

直撃。ただし、決定打ではない。

変態《メタモルフォーゼ》の際にサーシャは全魔力を肉の変態と防御にあてている。

だから、俺のレベル7はせいぜいが柱の角に頭をぶつけた程度のダメージしか与えていないだろう。

そして、レベル7の炎による煙が晴れたそこには、二十代後半の妖艶な女……いや、男が立っていた。

「さあ、我を本気にさせたのじゃ。覚悟はできておろうな？」

サーシャは普段は子供の恰好《かっこう》をしている。いや、そうせざるをえない。

それは邪法によって無理やりに人間から吸血鬼になった際の制約の一つだったかな。つまり、今までのコイツは本気ではないってことだ。

「さあ、小童っ！　この姿は二百年ぶりじゃ……楽しませてくれような？」

出やがったな闇魔法の頂点に立つ大賢者。

千年前の神魔大戦で数多《あまた》の強敵を屠《ほふ》った、そのままの意味で……御伽話《おとぎばなし》の存在のご登場だ。

俺達四皇の、皇の称号の元祖にして開祖である——

――不死皇っ！

感じられる魔力量は先ほどの倍、あるいはそれ以上か。

まともに魔法を打ち合って、今の俺でどうこうできないのは明白だ。

「見たところ、お主の弱点はレベル9以上の極大術式発動に適性がないということ……いや、魔法全てか。レベル7領域では独自改良で処理速度をごまかしておったようじゃがな……まあ、それでいいのじゃな？」

しかも、初見で弱点を完璧に見抜いたってか。いや、それでこそ俺の知る限り最強の男だ。

「ああ、それでいい」

俺の言葉を受けたサーシャは、ふふ、っという艶っぽい笑みを浮かべた。

「さっきから我は何度も言ってるが、共にレベル10で魔術比べといかぬか？」

「……」

「なあに、互いにヨーイドンじゃ。お主が魔力を練る時間位は待ってやるよ。互いの最大出力でのガチンコ勝負……楽しそうとは思わんか？」

願ったりかなったりってところか。

こっちは相手にレベル10を使わせないために、レベル7の連打なんていう小細工をやってたんだ。

だが、待ってくれるってんなら話は別だ。しかし、この化け物に俺のレベル10……雷神皇《エフタル》は通用するのか？

そうして、互いに小さく頷《うなず》いて術式の構築を始める。即座に俺の術式を感じ取ったサーシャは片方の眉をピクリと吊《つ》り上げた。

「風系統……いや、雷気……？」

「ああ、俺は雷で、そっちは闇だな」

サーシャの眼前がおどろおどろしい、粘性の闇に包まれる。

そのまま、ネットリとした闇は縦五メートル、横二メートルほどの細長い塊を象《かたど》っていく。

「棺桶《かんおけ》……か」

「見た目は棺桶、その実は冥界の門じゃ。ふふ、シャレオツじゃろ？」

そして、地に立った棺桶が完成し、カタカタと音を鳴らし始める。

えーっと、確かあの棺桶の名前は冥界へとつながるエビルゲートだったか。

しかも冥界の中心部、地球で言えばマグマのような冥界の負のエネルギーの溜《た》まりにつながっている。

そして、エビルゲートから放たれるのは、極大の闇の粒子……端的に言うなら、黒いレーザー光線みたいなもんだな。

「こちらはとっくに術式構成済みじゃぞ？」

「遅くなってすまないな。こっちもようやく練りあがった」

黒いレーザーを迎え撃つは、天から降り注ぐ雷神の鉄槌《てっつい》。

俺とサーシャは共に右掌《みぎて》を前面に掲げて――


「レベル10：雷神皇《エフタル》っ！」

「レベル10：不死皇《サーシャ》っ！」


共に自らの名を冠した極大魔法が放たれた。

サーシャが放った漆黒のレーザー粒子の先端に、天から俺の極大の雷が降り注ぐ。

魔力と魔力が。

磨き上げた修練の結晶と結晶が。

それぞれの武と武が。

あるいは、俺とサーシャの生き様そのものが――激しくぶつかり合う。

「ははっ！　本当にとんでもないのうっ！　まさか雷神皇《エフタル》で迎え撃たれるとは夢にも思わ

なんだっ！」

「とんでもないって叫びたいのはこっちだよっ！」

本当にとんでもねえ……元が人間とは思えねえ。

四皇全員で対処した魔王とですらも、下手すりゃタイマンはれるんじゃねーかって当時から言われてたが……多分、本当にコイツならできるだろうな。

そうして、俺達の眼前では魔力と魔力の盛大な押し相撲が繰り広げられているんだが、しばらくは持つが確実に押し負ける。このままでは敗北は必至だ。

いや、そもそもが最盛期の俺でもどうこうできる相手じゃない。

——だが、最盛期の俺を、今の俺が超えている点が二つある。

そうして俺は右掌で魔法を維持したまま、左の逆手で腰の刀を抜いた。

そのまま、魔法同士が押し合っている横を駆け抜け、一直線にサーシャへ。

「あいにくじゃが、我は拳もイケる口でのうっ！」

ああ、知ってるさ、昔に散々に模擬戦で痛めつけられたからな。

お前が近接も遠距離も何でもできる本当の化け物だってのは、こちとら痛い位に知っている。

「おい、マーリンッ！」

「エフタル様？　もう完全に隠す気がないということでいいんですよね？　ならば、演算はこちらにお任せを」

呆《あき》れ顔のマーリンだが、きっちりと仕事はやってくれるようだ。さあ、見て驚けサーシャッ！

お前の敗因は二つ……っ！　まずは弟子全員に逃げられたあんたと違ってこっちには信頼できる弟子がいるってことだっ！

「――神域強化っ！　そして……魔法剣レベル6：聖　剣《クリアーアンデッド》っ！」

ビュオンッと、俺は音を置き去りにして一気にサーシャとの間合いを詰める。

「な、なんというスピードじゃ……神速、いや……雷速かっ！　くふ、くははっ！　くははははっ！」

狼狽《ろうばい》と歓喜の混じったようなサーシャの顔、こんな顔初めて見たな。

もう、狼狽の色を見ただけで俺は満足なんだが乗り掛かった舟だ、キッチリと完全勝利にしてやるからなっ！

「じゃが、我は近接最強魔導士を名乗っておるっ！　殴り合いで負ける訳にはいかんのでなっ！」

サーシャの拳をかいくぐる。

っていうか、普通の身体能力強化だけで……マジかよコイツ。

が、こっちも今世での剣術の先生が良かったからな。そして、剣術こそが二つ目の、最盛期の俺を今の俺が超えている点だっ！

さあ、サーシャッ！　身体能力はこちらが上、近接の技術もほぼ互角っ！

「なら、勝つのはこっちだっ！」

拳をかいくぐり、蹴《よ》りを避け、バックステップで距離を取ろうとするサーシャに踏み込んで間合いを詰める。

――ヒュオンッ！

風切り音と共に、サーシャの首筋――頸動脈《けいどうみゃく》に剣をあてて、そこで寸止め、いや、微《かす》かに皮膚を切った。

聖剣の効力によって、不死者としてのサーシャの皮膚が浄化され、紫の煙が小さくあがり、どこか甘い香りが周囲に漂った。

あと数センチ。剣先を動かせば、間違いなく致命傷となるだろう。

「これで試合終了だ」

そうしてサーシャは呆然《ぼうぜん》とした表情で呟《つぶや》いた。

「……………我が……負……け……………た……………じゃと？」

「まあ、一対一なら勝てなかったがな」

マーリンに視線を移して、俺は呆れ笑いと共に肩をすくめた。

そこでサーシャは視線を地面に落とし、大きく息をついて口を開いた。

「……のう、エフタル？　結局四百年前……我は魔王城には行かなかったがお主等は四人で魔王に立ち向かった訳よな？　そこで、質問があるのじゃ」

まあ、さすがに俺が何者であるかってのはもう気づいてるみたいだな。

「ん？　質問？　何だ師匠？」

「決戦の魔王城——その時、四皇でタコ殴りにした時、魔王は一対四が卑怯《ひきょう》と言ったか？」

「いいや、言ってないな」

「それと同じじゃ。神域強化の演算委託……お主はマーリンという信頼できる弟子を育てた。そして、その剣術……それはお主の力じゃエフタル。真正面から我と対峙《たいじ》して黒星をつけたと胸を張るといいぞ」

そうして師匠は大きく大きく肩をすくめて——

「馬鹿弟子と孫弟子程度なら、何人でかかってこられても問題ないと思っていたのじゃがな」

「ま、到底……武人と武人の一対一の戦いとは言えねーがな」

「が、我は裏ボスみたいなもんじゃ。それがたった二人にやられたとすれば——そりゃあこちらとしても完敗と認めるしかないじゃろ」

互いが互いの基準では負けを認めているって、おかしな状況だな。

と、そこで、俺とサーシャは同様に悔しげに笑い、固く握手を交わしたのだった。

エルフと生贄と神代の獣

その日の夜に僕はマーリンを呼び出した。

そうして、僕達はエルフの森の深部の探索を行っていたんだよね。

当初から僕がその存在を意識していた神獣フェンリルの復活は近く、この感じだと数日中には封印の地から外に出て来るだろう。

「これ以上は近づかない方がいいね」

樹木の上から、遠目でフェンリルの封印地を確認するだけしかできないけど、僕としては魔力の流れが確認できればそれでいい。

ただ、復活の進捗状況だけが分かればそれでいいんだから、目的は達することができた。

「エフタル様……マリアに少し肩入れをしすぎではありませんか？」

「肩入れするって決めたと、この前に言っただろう？」

「質問を変えましょう。ならば何故《なぜ》、あの娘の命を助けないのでしょうか？　神の獣の復活によって引き起こされる魔物の大氾濫《モンスターパレード》。そして、大氾濫を防ぐための生贄の氏族。

我々が介入しない場合、導き出される結論はあの娘の死以外にないでしょう?」

「かつての約定で僕は動けないと言ったはずだけど?」

「かつてフェンリルとエフタル様が引き分け、不戦協定を結ばれたことは聞きました」

「そう、過去のエフタルとしての約束を反故《ほご》にすることは、かつての自分の人生を否定することになる。だから、僕は動けない」

「ならば、何故に調査を? 助ける気もないのに、それは矛盾しませんか?」

そうしてマーリンに対して僕は肩をすくめた。

「あの時、僕は『今は動けない』と、そう言ったはずだけど?」

「ん? どういうことでしょうか?」

と、マーリンはそこでポンと掌を叩《たた》いた。

「不戦協定……相互の……不戦。ああ、なるほど、そういうことですか」

「うん、タイミング的にはベストだ。もう少しで僕も動くことができる。だから、師匠にちょっと先に話を通しておかないとね」

「サーシャ様にフェンリルの駆除をお願いするので?」

「そんな恥ずかしいことできる訳ないだろう? 僕の不始末みたいなところもあるんだし」

「では、どうなさるおつもりでしょうか?」

「師匠には大氾濫の方の対処をやってもらう。帰ったらすぐに依頼しよう」

☆★☆★☆★

後は旧校舎の掃除をして、土日を挟んで合宿所を後にするだけという日になった。

「それじゃあ、これで合宿も終了で後は魔法学院に帰るだけって訳ね」

「ああ、そうなるね」

「……しばらくこの森ともお別れね」

まあ、幼少期を過ごしたこの森にはいい思い出は無さそうだけど、それでも彼女なりに思うところはあるのだろう。

と、そこでマリアの長耳がピクリと動いた。

そして、続けて僕の耳にも――世界樹の方向から微《かす》かに音が届いた。

「エルフの呼び笛？」

僕の問いかけに、うんとマリアは頷《うなず》いた。

「それもドミエの氏族の緊急の奴《やつ》ね……この前エルフの里に泊まった時に食事を持ってき

た人達って分かるかしら？　多分その人達なんだろうけど……」

そうしてマリアは出入口に向かい、ドアの前で立ち止まってこちらを振り返った。

「エフタルとアナスタシアはここで待ってて。私は一旦里に戻るわ。明日には戻ってくると思うから……」

「でも、一人で大丈夫？」

「強力な魔物が出るって訳じゃなし、ここらの浅い森は私の庭みたいなもんだから」

それだけ言うと、マリアはエルフの里へと戻っていったのだった。

まあ、この近辺には強力な魔物の気配もないし、危険がないのは間違いないだろう。


で、本当に翌日にマリアは戻ってきた。

マーリンも含めた僕達三人は教室に呼び出されている。

僕達は分かるけど、マーリンまで？　と思っていると、彼女は開口一番に冷たい表情でこう言った。

「ってことで、私、厚待遇でエルフの里に戻ることになったの。私はここで魔法学院を退校するわ」

「ん？　どういうこと？」

「この前フランソワーズに私の魔法を見せつけたでしょ？　アレで私の凄さがようやく認められたみたいでね」

そうして、マリアは寮でまとめたものと思われる自分の荷物を背負い、バイバイとばかりに軽く右手を挙げた。

「ってことで、ここでお別れね。元々、私は他種族なんかと仲良くしたくなかったし。魔法学院には後で手紙を送って退校の手続きをするから」

あまりにも突然の言葉に、僕とマーリンとアナスタシアはその場で固まってしまった。

そうして、アナスタシアが「あの、えと……」と、キョドりながらマリアに言った。

「……酷《ひど》いです。そんないきなり」

「まあ、かなり急な話であることは認めるけどね。でも、そういう話になったんだから仕方ないんじゃん？」

悪びれもせずにそう言うマリアに、マーリンは少し何かを考えてから口を開いた。

「エフタル様を巻き込んでの今回の一連のことは……その発端は貴様のワガママなのだろう？　抜けるにしてもまずは謝罪だろうに」

「謝罪？　なんで？　結局、断らなかったのはコイツじゃん？　私は脅してコイツを巻き込んだ訳じゃないし」

　そこで、アナスタシアはオドオドしながらマリアに尋ねた。

「……でも、どうして急にそんな態度に……？　私達は最近は仲良くやっていたじゃないですか？」

　言葉を受け、あっけらかんとした表情でマリアは言った。

「ああ、あれ演技よ」

「え、え……演技？」

「ええ、そうよ。だってコイツは人間にしては使えそうだったからね。それでほら、私って可愛《かわい》いでしょ？　ちょっと優しくすれば男なんてみんな勘違いしちゃうから掌《てのひら》コーロコロってなもんよ」

「え……？」

　そこでマリアは床に唾を吐き捨てて、アナスタシアを睨《にら》みつけた。

「ああ、それと最後だから言っとくね。前から思ってたんだけど、そもそもご主人様って何？　ほんっとうにアンタって気持ち悪いわね」

「気持ち悪いって……」

「だって奴隷と主人なのよ？　普通だったら、表面上はどうあれ、裏では恨みつらみでハラワタ煮えくり返るってものでしょ？　それをアンタ……本気でエフタルに心酔してんじゃん」

「……ご主人様を慕うって……悪いことなんですか？」

　やれやれとばかりにマリアは肩をすくめる。

「だから、いい悪いじゃなくて、気持ち悪いのよ。森の外の連中の……奴隷っていう制度からしてそもそも気持ち悪いし、その上で奴隷が主人に本気で心酔してるって？　もう、アンタは本当にバッカじゃないの？」

「……私達を……本当にただ利用していただけってことなんですか？」

「アンタだけじゃなくて、森の外の連中は本当にどいつもこいつも気持ち悪いわ。年中戦争やってるし、貧富の差も凄《すご》いし、奴隷制度なんてあるし、本当に野蛮で馬鹿で愚かな種族――そう、人間や魔族って連中はねっ！」

　その場の全員を見渡し、マリアは薄い胸を張って僕達に侮蔑の笑みを浮かべる。

「そしてアンタ等《ら》も人間……そして魔族ってワケ、この世でまともな種族はエルフだけよ。あー、良かったわ。これでようやく野蛮な連中から離れることができるわ」

　そのまま、マリアは後ろを向き、手を振りながらドアへと歩を進める。

「ってことで、それじゃあバイバイ、もう二度と会うこともないと思うけど」

サイド：マリア

かつて、この森は、いや、この近辺の国は森の神に悩まされていた。

——それはフェンリルと呼ばれ、神と同義とされる神狼《しんろう》。

その力はあまりにも絶大で、そしてその食欲はあまりにも旺盛だった。

古来、私達森の民は常にフェンリルの捕食を恐れ、その気まぐれな食欲に滅ぼされた氏族の数は片手ではとても足りない。

そして千年前、神魔大戦が起きた。

この世の全ての強者が参戦した悪夢の大戦争にフェンリルも参加し……フェンリルは手負いで森に逃げ帰ってきた。

森の民は傷ついたフェンリルを見て、好機だと判断した。そうして力を結集して神の住《す》処《か》へと強襲をかけることとなる。

そう、怯《おび》え続けて、気まぐれに捕食される生活を返上し……力で自由と安全を勝ち取るためにね。

しかし、手負いとはいえフェンリルはやはり神だった。

神狼討伐隊は即時に戦力の半分を失い、壊滅状態に陥ったその時——神狐《しんこ》：ナインテールが現れた。

神魔大戦の戦場から逃げたフェンリルにトドメを刺すべく追いかけてきたナインテール。

その二頭の神獣の戦いは苛烈を極めた。

そうして、最終的には決着はつかず、傷ついたナインテールは命を賭して、フェンリルを森の奥に封印することになる。

ナインテールの封印結界の効果は絶大だった。

だがしかし、数十年に一度、地脈が乱れる際に結界の効力が弱まることになる。

結界が破られてしまうとそこでお終《しま》いなので、神狐は私達森の民に切り札を授けた。

つまりは、エルフのドミエ族――私の氏族の開祖となった聖女の魂に神狐の力を授け、一族の血は神狼に対する魔術的な毒となったのだ。

だから、定期的に結界の効果が薄れ、フェンリルが復活しそうになった際、私達が矢面に立つことになるのだ。

その毒は、毒であると同時に神狼に対する甘美なスパイスでもある。

封印が解けそうになり、夢現《ゆめうつつ》の状態のフェンリルは、冬眠明けのような猛烈な空腹状態に置かれている。

そして、その眼前に濃厚に甘く芳醇《ほうじゅん》な香りを放つエルフが現れるという訳だ。

しかし、食ったが最後、毒が回ってフェンリルは弱体化し、再度の眠りに戻るという寸法だ。

ちなみに、フェンリルの結界が薄まると、その瘴気《しょうき》にあてられた魔物達は森の奥底から溢れだし、大氾濫——モンスターパレードが発生することになる。

——つまりは、それが、私達の氏族の存在意義だ。

古来、私達の氏族はモンスターパレードの予兆を未然に察知し、森の奥底に眠るフェンリルに自らの同胞《はらから》を捧《ささ》げ続けてきた。

そして、自らの体に宿した毒によってフェンリルを弱らせ、再度の封印を施すのだ。

よそ者が聞けば、それは悲しくて馬鹿なことだと思うかもしれないけど、私達はそれを誇りに思っていた。

——氏族を守るため。

——森全体の民を守るため。

——周辺の各国を守るため。

そのために雄々しく死ねるのであれば、それこそが森の守り人としての本懐である。

私達は、直系血族だけでなく、護衛の任を持つみんなも……本気でそう思っていた。

けれど十年前、モンスターパレードが予兆なしで発生して、私達の氏族は壊滅状態となった。

混乱を極める状況下、私の親族全員はかき集めた護衛と共にフェンリルの住処へと向かい、そうしてモンスターパレードが収まることになった。

うん、お父さんとお母さんは立派に役目をやり遂げたんだと思う。だって、大氾濫は本格化する前に止まったんだから。

けれど、犠牲は大きかった。

私達の氏族は壊滅し、他の氏族のところに散り散りになった。

オマケに守り人として、氾濫を止められなかったマヌケとして扱われて、挙句の果てにはフェンリルを封印するという私達の役目すらも、所詮は伝承だ眉唾だと馬鹿にされて。

——何のためにお父さんとお母さんが死んだんだろう？

そんなことを考えて、子供の時、毎日私は泣いていた。

泣いて泣いて、泣き続けて、いつの間にか涙も涸《か》れはてて、気づけば私は魔族の魔法学院に特待生として入学できるほどに——魔導の研鑽《けんさん》に努めていた。

——泣くのはやめた。もうしない。

——私は、黙らせる。

——私の両親を、私の氏族を、みんなを馬鹿にした連中に、私のこの身に流れる氏族の血を、その優秀性を示してみせるんだ。

そうして、私はガムシャラにやってきた。

他種族にも凄《すご》い奴《やつ》らはたくさんいる、生徒会の連中、そしてエフタル、どいつもこいつも私なんかよりも本当はずっと優秀だ。

けど、私は負けない。

努力は裏切らない、向上心を持ち続け、上だけを見て……ずっと手を伸ばし続ける。

そうすれば、必ず届くはずなんだって、そう思って今までずっとずっとやってきた。

けれど、それも、もう終わり。

どうやら、世間を見返す前に、私は氏族の生き残りとしての務めを果たさなくちゃいけないらしい。

☆★☆★☆★

「お嬢？」

「……ん？　何？」

「考え事ですか？　さっきから何度も呼び掛けていましたが、返事がありませんでしたので……」

　森の道……いや、ここは獣道ですらないわね。

　エルフですらも踏み入らないようなただただ深く薄暗い森だ。

　我ながら、よくぞ考え事をしながらツルや樹木の根に足を取られなかったものだと思う。

「うん、ごめんね。ちょっとあまりにも急だったから。色々と思うところがあってね」

「黄泉返《よみがえ》りの雷神皇……ですか？」

「ええ、あの方がいらっしゃれば、ひょっとすれば何とかなったかもしれない」

「伝説の英雄ですからね。フェンリルの撃破すらも、あるいは可能だったかもしれないでしょう。しかし、亡くなられた月のみ、それも金曜の限定の復活ということでしょう？」

「そうね。無理を承知で念のためにあの方が滞在されている小屋に何度も行ったのだけれど……やはりお姿が見えなくて」

「お嬢、時は一刻を争います。どうにもならないことを考えても仕方がないでしょう。しかし、何が起きたのでしょうか？　前回のフェンリルの封印は十年前です」

「相手は神だから、ハナから私達の常識なんざ通用しないわ」

「それにしても変ですがね。通常は五十年から百年の時が開くはずです」

「ともかく、宝珠が光ったのならそういうことでしょう」

　ナインテールから授かったと言われ、代々伝わる宝珠。

フェンリルの結界の弱体化を知らせるアラートなんだけど、十年前には光らずに、何故《なぜ》か今になって光ってしまった。

あの時に光っていたら、犠牲は最小限に抑えられたはずなのに……と、私は歯ぎしりする。

「けれど、前回は宝珠は光らずにただモンスターパレードのみが起きそうになったのですね？　やはり変です」

そこで私は首を左右に振った。

「分からないことを考えても仕方ないわ。今は私達は使命を果たすことだけを考えればいいじゃない」

私の言葉で三人は大きく頷《うなず》いた。

「……我等氏族の生き残り、生き恥を晒《さら》して参りました」

「外部の里に出ていて、あの時に死ねなかったことだけが心残り。今のままでは到底、散っていった者達に顔向けなどできません」

「死ぬべき時に死ねず、他の氏族に蔑まれ、そんな我々にこの宝珠が死に場所と役目を与えてくれるなら、それで良しとしましょう」

うん、と私は大きく頷いた。

私も含めて、みんな——心の底から、ちゃんとドミエの氏族だ。

里がなくなって、他の氏族の里で暮らしても志はみんな変わらない。

そんなことを考えると、妙に安心して……これから死ぬっていうのに、何だかおかしくなって乾いた笑いが出た。

「けど、これでドミエの直系が絶えることになる。その後はどうするの？」

「その時はその時で、その時に生きている者に考えてもらうしかないでしょうな」

しばし考えて、私はため息をついた。

まあ、実際問題として私達はできることをやったし、他に選択肢もない。

ずっとずっと続けてきた森を守るという役目が、私の代で途絶えてしまうのは残念だ。

でも、私達を迫害して、あまつさえ使命に疑義を唱えたのはあの連中、これから先のことまで考えてやる義理もないか。

ある意味では自己満足かもしれないけど、少なくとも、先祖が守り続けてきた役目からは、私は絶対に背を向けることはできない。

たとえ、その先に未来がなかったとしてもね。

そうして私達は歩を進める、ただただ無言で歩を進める。

「……」

「どうなされました？　顔色が優れませんが……やはり雷神皇に助力を願えなかったことですか？」

「……ううん、それはもう諦めているからそうじゃない。ちょっと……他のことでね」

「それでは、ご学友ですか？」

本当に最低なことを言ったと思う。

最初は本当に利用するだけのつもりだったんだけど、どうにも私にも人並みの感情って奴はあったみたいで……。

お人良しなエフタルが、迷惑に巻き込んだだけの私に色々とやってくれるのが嬉《うれ》しかったんだと思う。

ドミエの里から引き取られた先で、私は迫害された。

みんなを見返そうって、魔族の魔法学院に通ってからもエルフだからってクラスメイトからも距離を置かれて……。

でも、アイツだけは私を一個の個人として扱ってくれた。

何の偏見も持たず、屈託のない笑顔で、オマケにお人良しに……私のことを放っておかずに付き合ってくれた。

アイツの前では、ずっと気張って生きてきた私が、心の底から笑えたような……気がする。

それはまるで、友達や仲間みたいに。

ううん、もう少し時間があったら本当に友達になれたかもしれない。

エフタルを中心としたあの場所はきっと、エルフの里で迫害されただけの私が摑《つか》みかけた……とても温かい場所だったんだ。

奴隷紋を持つアナスタシアがエフタルを慕っているのも、そして心の底からの笑顔を浮かべているのもそういうことなんだろう。

でも、ドミエの里以外で初めて見つけた場所を――私は自分から捨ててしまった。

いや、捨てなきゃいけなかった。

氏族の使命を果たすのに、あの場所は間違いなく迷いを生む原因になって、邪魔になるから。

外界とのつながりなんて、名残惜しくなるだけだ。証拠に私は今、悩まなくてもいいことで悩んでいる。

心を痛めている。

そして、そんな温かい場所だからこそ、私が守らなくちゃいけない。

――そこに私がいなかったとしてもね。

モンスターパレードが起きてしまえばあの合宿所はおろか、魔法学院の所在する街まで飲まれてしまうのは明白なんだ。

「ううん、それも違う。あんな奴らどうでもいい。利用していただけだし」

そして、こんな時にでも強がりで思ってもいないことが口から出る。我ながら、面倒な性格だと思うよ本当に。

「では、何を？」

「氏族の汚名……結局晴らせなかった」

まあ、これは本当なんだけどさ。でも、今私が――心で感じているのはそっちじゃない。

「そんなことで悩んでいたのですかお嬢」

「ん？」

「我等《われら》は森の守人、結局は日陰に生きる者でございますよ」

笑いながらそう言われて、うんと頷いた。

もう、振り返るのはやめにしよう。捨ててしまった場所を思い返すのは、やめにしよう。

今はただ、前だけを見つめよう。使命を果たすために。

「急ぎましょう。時間がないわ」

サイド：エフタル

そしてマリアが去ってからしばらくして、僕はマーリンにすぐに準備をするように目で促した。

「始まったみたいだ。マーリンは気づいてるよね？」

「恥ずかしながら、先ほどの話の途中からですがね」

僕とマーリンの言葉にアナスタシアが「はてな？」と小首を傾《かし》げた。

「……どういうことなんですか？」

「まあ、今までは僕達は敢《あ》えて動いていなかったってだけなんだよ。マリアの事情は僕達は大体は察知していたんだからね」

「エフタル様？　場所は分かりますか？」

「ああ、簡単だ。遠くだけど、こんな馬鹿でかい魔力の渦があって分からないほうがどうかしてる」

「ええ、間違いなくアレが復活していますね。そうであればマリアは守り人……森の神の生贄《いけにえ》としての本懐を果たさなければならないのは必然となります」

そして、僕はギュッと拳を握りしめた。

マリアが憎まれ口を叩《たた》いた時、本当はその場で言いたいことは一杯あった。

だってあの子は、生贄として現世との関わりを絶つためにワザと僕達を遠ざけたんだから。

けれど、僕は敢えて言葉にはしなかった。

何故《なぜ》なら、フェンリルについては過去の僕の不始末——冒険者ギルドに籍を置いていた時の黒歴史なんだから。

「アナスタシア？　悪いけど君にはここに残ってほしい」

「えと……本当にどういうことでしょうか？　マリアさんが危ない状態だっていうのは分かるのですが……」

「これから相手にするフェンリル。かつて、僕は森の神と引き分けているんだよ、悪いけど足手まといは減らしたい」

「え？　ご主人様と……昔、引き分けた？」

マーリンは不安げなアナスタシアの視線を受け、大きく頷いた。

「かつてのエフタル様が引き分け、フェンリルと不戦協定を結ばれたのは事実だ」

「ご、ご主人様？　本当の本当にどういうことなんでしょうか？」

「不戦協定って言ってね、互いの領域を荒らさない限りは僕はアレに手出ししないことを約束したんだ。だから、僕はこの森の抱える問題については……マリア関連だと分かっていても今まで触れなかったんだよ」

　だがしかし、とマーリンは大きく頷いた。

「マリアは既にエフタル様の庇護《ひご》下《か》にある」

「じゃあ、つまり？」

「森の神がエフタル様の庇護下にあるマリアに手を出そうとした場合、互いの領域を荒らさないという項目に違反する。故に、その時を以《もっ》て不戦協定は破棄される訳だ」

　そこでアナスタシアは状況を理解したようで「でも、昔のご主人様と互角……」と、血の気が引いたような青い顔を作った。

「ともかく、急ぐよマーリン」

「はい、お供させていただきます」

「ご主人様？」

「なんだいアナスタシア？」

「魔物の大氾濫はどうなるんですか？」

「マリアは恐らくフェンリルに身を捧《ささ》げれば回避できると思っている。しかし、それは確実に起きる……いや、既に起きているし、ここも危険なのは間違いない」

「だったらみんなで避難しないと――」

「その必要はないよ。恐らくはここは世界で一番安全な場所だ……だから、君にはここに残ってほしい」

「世界で一番安全？　ご主人様がいないのに？」

僕の言葉でアナスタシアは何かを察したようにポンと掌《てのひら》を叩いた。

「ああ、そういうことですか」

「うん、そういうことだ」

そうして話は終わり、走り出そうとしたところで僕達の背中にアナスタシアの声が浴びせかけられた。

「あの、ご主人様……その……えっと……頑張ってくださいっ！」

その言葉に、僕は右手の親指を立たせて応じたのだった。

サイド：サーシャ

「さて、馬鹿弟子からの頼みじゃからの」

合宿所を後にし、索敵の術式を作動させる。

半径十キロ圏内に存在する猛《たけ》き魔物の数は——千五百といったところか。

「まあ、物の数ではないのじゃがな」

術式の構築は二つ分……既に終えておる。

レベル10の方はともかく、アレは我でもやたらに時間がかかるものでな。

「まずはレベル10：不死皇《サーシャ》」

パチリと指を鳴らして、我は前方に闇の扉を出現させた。

「まあこのような使い方は不本意なのじゃが……森に溢《あふ》れた魔物の殲滅《せんめつ》ということであればこれが最適」

これはエフタル相手に不死皇《サーシャ》を放った際に呼び出したものと同じ扉。

しかし、用途が違う。

今回は冥界から抽出した暗黒のエネルギーを、砲《おおづつ》ではなく冥界の亡者共を誘い出す呼び水として使用したのじゃ。

レベル10の攻撃魔法ではなく、超大規模屍霊《しれい》召喚術式となる訳じゃ。

――まあ、不死皇という名前からすればコレが最も適切な使い方かもしれんがの。

そして、扉から現れるのは千のスケルトンナイト。

蠅《はえ》とウジの集《たか》る半腐りの馬に乗り、魔物の群れに向けて屍《しかばね》の軍団は我先にと駆け出していく。

概《おおむ》ね、スケルトンナイト一体で二体の魔物ほどの力を持っておる。しからば、これで魔物を十分に完封できるということじゃな。

そうして、我はパンと掌を叩いた。

「さて、お待たせしたの」

視線を向けると、律儀に地獄の番犬はお座りの姿勢でそこに待っておった。

「今の時代で……失われしレベル10を扱う魔術師ですか。まさかこんなところにこのような強者《つわもの》がいるとは……」

「で、貴様はフェンリルの兄弟分ということじゃったな？」

「ええ、フェンリルは弟のようなものでしてね。完全復活に祝辞の一つでもと思ってここに来たのですが……貴女《あなた》に鉢合わせとなりました」

「なるほど、共に師弟関係のようなものということか」

「師弟？」

「こちらの話じゃ。気にせんでいい」

「ともかく、私は三頭王と呼ばれし地獄の番犬。弟の祝いの席をアンデッドで汚すとあれば容赦はしません」

ほう……と我は息を呑《の》んだ。

と、いうのも物陰から四体の新たなケルベロスが現れたからじゃ。

我にこの距離まで気取らせないとは、この者達は全員が神の位に到達していると考えてもいいじゃろう。

「ケルベロスの王である私。そしてこれらはそれぞれがフェンリルと同格の力を持つ側近です。如何《いか》にレベル10を扱う者と言えど……万が一にも貴女に勝ち目はありません」

「まあ、レベル10の術式を一つ扱える程度の実力ならばそうなるじゃろうな」

「……ともかくここで終わりです。貴女は我々に生きたままに内臓を食い破られ、脳漿《のうしょう》をまき散らし、我らケルベロスの血肉となって——なっ!?」

しかし、獣の癖に丁寧な喋《しゃべ》りかたじゃ。

気持ち悪いというか、合っていないというか……まあいいか。

「レベル11：古今東西御伽草子《オトギ・ファンタジア》」

このクラスの五体をレベル10までの通常魔法で相手にするのは逆に骨が折れる。

面倒そうなので、瞬殺路線とさせてもらおうかの。

「その光は……何ですか？　それに……レベル11？」

我は背後を振り返る。

ふむ、やはり惚《ほ》れ惚《ぼ》れするような輝きじゃ。

さしずめ、我は光輪を背負った天使というところじゃな。

我のような吸血鬼が天使のように光を背負うのじゃ。うむ……やはりこの術はいい。


――ギャップは大事じゃからなっ！


我の背後に出現したのは、光り輝く蜂の巣のようなものじゃ。

格子の穴の数は百を超える。

そしてその格子には、それぞれ我のコレクションが入っておるのじゃ。

そうして、格子の中に潜んでいるモノとは――

「なん……ですって……？　妖精王オベロン、女王ティターニア……？」

まずは一番槍《やり》とばかりに巣穴から光の筋が走り――大妖精の夫婦がケルベロスの下っ端に襲い掛かった。

見た感じ、この二体とケルベロス一体で互角といったところか。

「高位召喚術ですか？　確かに神話クラスの巨大な霊体を召喚したようですが、霊格としてはケルベロスと同格以下、こちらは五体……一体や二体ではどうにもなりませんが？」

「くははっ！」と、思わず笑いが零《こぼ》れてしまった。と、いうのも――

「阿呆《あほう》か貴様は。光の格子の数が見えんのか？」

「まさか、この巣穴の格子の一つ一つに……？」

「さあ、飛び出でよ幻想の住人達よっ！　セイテンタイセイ、クーフーリン、ハヌマーン、ユニコーン、クルースニクッ！　光り輝く幻想の魔の類――美しく、そしてどこまでも強大な力を誇る我が下僕共よっ！」

「なんだ、なんだこれは⁉　我等《われら》よりも高位の存在までもが召喚されている……だとっ⁉」

「くははっ！　これぞ古今東西御伽草子《オトギ・ファンタジア》っ！　幻想の住人によるカーニバルじゃっ！　周囲では魔物と屍霊の泥仕合が！　ここでは貴様ら神獣と我が下僕――幻魔の美しき饗宴《きょうえん》が……っ！　くははっ！　ふははっ！　醜と美のギャップ……っ！　ほんに良く出来ておろう？」

既に大妖精の夫婦と交戦しておったケルベロスの内の一体が、増援の幻魔達に一斉に襲い掛かられ、瞬く間に肉片となった。

「なんだ、なんだこれはっ⁉　神魔大戦の再来とでも言うのかっ！」

恐れ慄《おのの》くケルベロスの長《おさ》に向け、我はケタケタと笑いながら応じる。

「再来と言えば、コレクションにはこういうのもおったな。まあ、さすがにコレは幸運が重なって手に入れたのじゃが……幻魔ではないし、芸術という意味での統一性では少し違うがな」

指を鳴らす。

すぐに、格子状の巣穴の中から、神聖を示す金色のオーラを纏《まと》った戦乙女が飛び出してきた。

ファサリと羽ばたいた銀翼から羽根が舞い散り、それだけでただの森の光景が美術館を飾る一枚の絵画のように彩られる。

「せ、せ、せ……熾天使《セラフ》ガブリエル……ですってっ⁉」

「ガブリエル単体を呼び出すだけで本来であればレベル10相当じゃ。まあ、我とて素材無しにこのようなマネはできんがの……」

「素材……？」

「千年を超える悠久の時の内、我は幻想の住人の採取を行っていた時代があった」

まあ……と我はニコリと笑った。

「ただの趣味。コレクションじゃがな。なあケルベロスよ？　この世の全ての美しきモノは我に保管され愛《め》でられるべし。そうだとは思わんか？　我が至高なるレベル11……古今東西御伽草子《オトギ・ファンタジア》にな」

「馬鹿な、馬鹿な……いかな大賢者とはいえこのようなデタラメができるはずが……っ！」

「我はサーシャ――賢者などという大それた者ではない。我はただの、神代の時代を生きた旧《ふる》き吸血鬼にして魔術使いじゃよ」

そうして我は右手を掲げ、光の蜂の巣穴から全てのコレクションに向けて呼び掛ける。

「さあ、御伽《おとぎ》の住人達よ――自由が欲しくば勝ち取れいっ！　奴《やつ》の息の根を止めた一体は術式の束縛から解き放ってやろうぞ！」

命を受け、巣穴から流れ出るのは幾筋もの無数の流れ星。

熾天使《セラフ》をも含めた幻想の芸術が我の眼前を飛び交っていく。

――幻想郷が現世に溢《あふ》れる。

久方ぶりの壮観の光景に、思わず我は感嘆のため息をついてしまった。

「ああ……ほんに本当に美しいの……まあ、可愛《かわい》さでは我の勝ちじゃがな」

そして、ケルベロスは無数の高位幻魔の群れに押し包まれ「ギュブッ！」との叫び声と共に沈黙したのじゃった。

サイド：マリア

そうして私達は森の最深部に辿《たど》り着いた。

実物を見るのは初めてだけど、先祖代々の申し送り事項で聞いた通りの場所だった。

森の開けた場所には半径五百メートルほどの砂礫《されき》地帯が広がっていて、真ん中に大岩が一つ。

ここは一面の不毛の地だ。砂礫についてはフェンリルの放つ瘴気《しょうき》の影響で、植物が育たないってことなんでしょうね。

と、それはいいとして、大岩には穴が開いていて、そこに洞窟というか窪《くぼ》みがある。

――そこが、フェンリルの住処《すみか》。

私が穴の前に立つと同時に、ソレが見えた。窪みの中の暗がりに、体の長さだけで優に二十メートルを超えそうな巨大な狼《おおかみ》が――いた。

窮屈そうに体を丸めているフェンリルは、私の気配を察知したように鼻を鳴らした。

そして次に目を開き、今度は私を視認したようだ。ニタリと笑ったフェンリルに、私は挑戦的な視線を向ける。

精一杯に胸を張って、相手を睨《にら》みつけ、力の限りに被捕食者としての矜持《きょうじ》を誇示する。

――さあ、フェンリル……いいえ、森の神よ。アンタの大好物の……エルフが食われにきてやったわよっ！

私は、怯《おび》えながら解体小屋の列に並ぶただの豚じゃない。私は毒餌と共にアンタの胃袋に一撃を加えてやるんだからねっ！

そんな私の姿を見て、フェンリルは不愉快そうに顔をしかめる。

「つまらないですね」

「つまらない？　何がつまらないの？」

「死を覚悟した者は美味《おい》しくありません。私が食べる肉の体はあくまでも前菜。メインディッシュは魂でしてね。魂は絶望という感情が極上の調味料となるのです。貴女のように死を受け入れては……本当につまらない。これでは美味しいものも美味しくいただけません」

なるほど、私の矜持も多少はコイツに対する嫌がらせになるって訳ね。

だったら私は絶対に恐れない。死ぬ最後の瞬間まで、アンタには絶対に屈しないんだからね。

と、そこでフェンリルは「クック」と笑い始めた。

「何がおかしいの？」

「しかし本当に面白いですね」

「……何で笑っているって聞いてんだけど？」

「宝珠でしたか？　それに九尾の狐《きつね》？　いやはや、本当に面白い。まさか、歴代全員があんな馬鹿な話を真に受けるとはね」

「ちょっ……馬鹿な話って……？」

そこでフェンリルの姿が、どこからともなく現れた煙に急に包まれた。

「え？　煙？　どういうこと……っ⁉」

そして徐々に煙が晴れるにつれ、私は「信じられないっ！」と叫びだしそうになった。

「これってナインテールッ⁉」

はたして、煙が晴れたそこには九本の尾を持つ神狐が洞窟の壁に沿って丸まっていたのだ。

「元々ね、私は封印なんてされていません。そして、九尾の狐とフェンリルは、貴女達《あなた》エルフの前に今まで一度たりとも、同時に出現したこともないのです。ここまで言えば分かるでしょう？」

「擬態だったってこと？　ナインテールもフェンリルもアンタだったと？」

「ご明察。この森には生真面目で責任感の強い氏族がいたものですからね。まさか、これほどの長きにわたり騙《だま》され続けるとは思いませんでしたが」

「そんな、そんなことって……ひょっとして私達は……」

グワングワンと目が回り、胃から酸っぱいモノが上がってきた。

ダメ、これ以上はダメ。いけない、ここから先の話は聞いちゃいけない。

そう思うけど、足が張り付いたように私はその場を動けないし、フェンリルは語りを止《や》めない。

「神魔大戦で肉体と……神としての魂に著しい損傷を受けた当時の私は、休息と栄養を求めていました。恥ずかしながら瀕死《ひんし》だったものでしてね。実は過去の貴女達の討伐隊はいいところまでいっていたのですよ?」

「……どういうこと?」

「私は残った力を振り絞り、半数は一撃のもとに屠《ほふ》りさりました。しかし、そこで力は完全に枯渇したのです。そうですね……あと、数名のエルフが襲い掛かってくるだけで、私を討ち取ることもできたでしょう。しかし、貴女達は一撃で半数を殺されたことで警戒し、恐怖の目を私に向け、膠着《こうちゃく》状態となりました。そこで私は考えたのです」

「……」

「悪の神獣であるフェンリルと、正義の神獣であるナインテール。その激闘と、その顛末《てんまつ》という物語を……ね」

と、そこで堰《せき》を切ったかのように私の口から言葉が溢れだしていった。

「嘘《うそ》だ、嘘だ、嘘だ嘘だ嘘だっ! だったら、私達って何っ!? 私のご先祖様がナインテールから力を授かったのは……っ⁉」

「休息には栄養も必要ということです」

「……え」

自作……自演だったたっていうこと？

全ては嘘だったたって……そういうこと？

「貴女達を口車に乗せ、安全を確保した私は体を回復させるための休息に入ったのです。

そうして、私の空腹に反応し光る宝珠を貴女の先祖に託しました」

私達はそうとは知らずに、ただフェンリルに栄養を与えていたってこと？

封印って訳じゃなくて、フェンリルはただ傷を癒《いや》す休息のために……ここに自らの意思でいたってこと？

解体小屋の前に怯《おび》えて並ぶ豚ですらなく、私は……私達は解体小屋へと血気盛んに自ら飛び込んでいたマヌケの集まりだったと？

私の中で、音を立てて何かが崩れていく。それは恐らく、私が私であるという存在意義も含めての全て。

そこで、私の心は完全に折れ地面に膝をついた。

「そん……な……」

「しかし、本当に貴女達は毎回毎回この話をすると面白い反応をしますね。ふふ、ふふふっ……これが笑わずにいられますか？　面白い、実に面白いですっ！　ふは、フ、フハハハッ！」

「毎回……って？」

「この話をする前までは先ほどの貴女のように、エルフ達は気丈にふるまいます。それはもう見事な覚悟と意思の下にここに赴いたのでしょうね。ですが……皆、話を聞き終えた後、今の貴女と同じ絶望の顔をします。いやあ、愉快でたまりません」

「絶望の……顔？」

そこでフェンリルはクスクスと愉快げに笑った。

「気づいていませんでしたか？　今、貴女は……絶望の色に染まった顔をしていますよ？」

「そんな……そんなことって……」

「さて、実を言えば前回で私は完全復活する予定でした。エルフの繁殖を考えて間引く数を考える必要もないと、無予告で皆殺しにしようとしたのですが……四百年前の手傷の影響か、少し栄養が足りていなかったらしくてですね。そして、生き残りが何を思ったのか魔族の国に留学に行ったと使い魔の報告を受けた時は残念に思ったものです。九尾の狐が授けた血を受け継ぐ者は、私の極上の栄養でもあるのでね」

フェンリルは立ち上がり、穴の中から出てきた。

──結界があるはずの穴の境界を、まるでそこには何もないようにアッサリと。

いや、それは当たり前だ。結界なんていうものは、そもそも最初から無かったのだから。

「さて、貴女を食せば完全回復となります。礼を言いますね。千年の永きにわたって本当にありがとうございました」

ボタボタとフェンリルは涎《よだれ》を垂れ落とし、醜悪に笑った。

歯の一本一本が剣よりも長く大きく、犬歯に至っては巨大な戦斧《せんぷ》よりも遥《はる》かに大きい。

この神獣が、私の柔肌《やわはだ》を食い破り、内臓を食い散らかすのは──遠くない未来に確実に訪れる決定事項。

「お嬢！　お逃げくださいっ！」

「お嬢に触れるなっ！」

「ここが我らの死に場所っ！　時間を稼ぎま──あびゅっ！」

爪が振るわれて、肉が飛んだ。

眼球が、内臓が飛び散った。ピチャピチャ、ボトボトと周囲に嫌な落下音。

瞬く間にドミエの三人は地面にドサリと崩れて──

「──ア、ぁ、ぁ……ああああああああああああああっ！」

私は、その時、初めて知った。

──絶望という言葉の、本当の意味を。

そしてフェンリルの口がゆっくりと私に迫ってきた。

終わりの時を確信した私は瞼《まぶた》を閉じた。いや、諦めて瞼を閉じることしかできなかった。

私の心にはもう、被捕食者の矜持なんて、そこには無かった。

私はただ、皿の上に乗せられた――ただの食物でしかなく、その場で震えることしかできないのだ。

確実に訪れる死。抗《あらが》うことのできない理不尽。

圧倒的な暴力を前にして、私は対抗する手段を何一つ持ち合わせてはいない。

多少強くなったとはいえ、所詮は私は小娘に過ぎない。いや、違う。私でなくても、誰であってもこいつには勝てない。

王を守る魔術のエリート……近衛《このえ》宮廷魔術師でも。

冒険者ギルドで魔物を狩る凄腕《すごうで》の冒険者でも。

聖騎士様でも、剣聖と呼ばれるような達人でも。

――たとえ、マーリン様がこの場にいたとしても。

単独でコレをどうにかできる奴《やつ》なんて存在しない。けれど……あの人なら……と、来るはずのない人に向けて私は願った。

助けて、助けて――

――雷神皇様っ！

と、その時――

――ドシィ――――ンっと重低音が周囲に響き渡った。

「遅れてすまないな、マリア」

「……え？」

瞼を開くと、横合い二十メートルほどの距離にフェンリルが吹き飛ばされていて、抜刀したエフタルが私の目の前に立っていた。

「はは、とんでもねえな。俺の刀でも切れずに吹っ飛ぶだけ……か。魔法剣じゃねえと話になんねえ」

「エフタ……ル？」

「マリア、あの時に言ったはずだ」

「言ったはずって……何を？」

「素直になれってな」

「……え？」

「怖かったんだろ？　心細かったんだろ？　でも、俺達を巻き込まないように虚勢を張って強がって……どんだけお前は馬鹿なんだよ」

「……ちょ、ちょっとエフタル？　どういうこと？」

「なあ、あの時に言ったよな。自分の命を大事にしろって。自分の命をなげうつようなやり方は二度とするなって、痛い思いさせて叱ったよな？」

ああ……と、私の中で色々なことがつながった。

なるほど、そういうことだったのか。確かに、こいつなら擬態の魔法も造作もないのだろう。

マーリン様のこいつに対する態度も……サーシャ様にしたって今考えると色々と変だった。

でも、それがそうであるとしたら、それは当たり前のことなのだ。

「アンタ……ひょっとして？」

「ああ、もうお前には隠す必要もないな。俺は雷神皇の生まれ変わり……いや、本人だ」

そうして、エフタルはフェンリルに向けてニヤリと笑った。

サイド：エフタル

そうしてマリアは、安堵《あんど》もあったのか緊張の糸が切れたように、その場で倒れそうになった。

慌てて抱き寄せてやると、一瞬だけマリアはビクッと震えて、そのままようやく素直に俺の胸に顔をうずめてきた。

しかし、どうにも震えは止まらないらしい。

元から背の低い体が、震える肩のせいで余計に小さくて頼りなく感じられるな。

「ったく……ちっこい癖に、こんなに震えるまで一人で全部抱えてんじゃねえよ、馬鹿野郎」

そうしてマリアは上目遣いで俺を見て、恐る恐るという風にこう言った。

「ねえエフタル？　本当に……アンタに任せて……頼ってもいいの？　助けてってお願いして……いいの？」

「お前が素直にそう言ったら、俺は全力を尽くすと約束してやるよ」

マリアの頭にポンと掌《てのひら》を置くと……マリアの震えがピタリと収まった。

「本当に温かくて……大きな掌ね」

そうしてマリアは頷《うなず》いて、大きな声でこう叫んだ。

「お願い……助けて。力を貸してエフタルッ！」

俺はニコリと笑みを浮かべる。

「なら、ここから先は俺がこの喧嘩《けんか》を買ってやる」

フェンリルに向き直り、右手でファックサインを作った。

「高くつくぞ？　なにせウチの……強がりで意地っ張りなだけのエルフを泣かせてくれたんだからな」

神域強化完了。右手で剣を構え、左手をフェンリルにかざし、術式構築を開始する。

そうして俺はあらん限りの大声でフェンリルに向けて叫んだ。

「オイ、コラ？　覚悟はできてんだろうな？」

と、そこで俺に睨《にら》まれたフェンリルは高らかに笑い始めた。

「エフタル……ですか。なるほど、それならばその力も納得です。かつて、私と引き分けたあの冒険者達の内の一人ですね？」

さすがは神獣だな。俺の素性の察しは早いようだ。

「テメエは俺の身内に一方的に手を出したんだ。あの時の不戦協定は当然ながら破棄となるぜ？」

「再度問います。確かあの時……貴方《あなた》は高ランク冒険者……神狩りの一員だったと記憶していますがそれで本当に間違いありませんか？」

「ああ、あの時の約定は俺の黒歴史だ。何しろこっちのパーティーの剣士が瀕死《ひんし》だったからな。あの時にテメエを始末できなかったのはずっと心残りだった。おかげで、こんなことになっちまったしな」

「いや、聞いているのはそこではありません。一対四で互角だったのに、今度はたった一人で私に歯向かうと？　しかも当時と違って私は……ほぼ完全に復活を遂げていますよ？」

そうしてフェンリルは俺に向け、文字通りの神速で飛びかかってきた。

間合いを詰めて俺に爪撃。そのまますれ違い、一瞬で俺の後方まで飛び去って行く。

開幕早々にマーリンからのアウトソーシングで神域強化を施してはいるが、流石《さすが》だな。

避《よ》けたはずなのに、今の爪で、右目をゴッソリとエグられちまった。

「フフ、ハハハッ！　今ので首を切り取ったと思いましたが……神域強化ですかっ！　成長の跡は見られますねっ！」

背後からフェンリルの声が聞こえてくる。そしてその声色は瞬時に俺の背中に近づいてきて――

「ガハッ！」

左腕が爆発したような感覚……今度は左腕を切り取られた。

「ですが、見込みが甘いっ！　甘すぎますっ！　それでは私をどうこうすることはできませんよ？」

今度は左方からフェンリルの笑い声、大量の失血で寒気が襲ってくる。

「おやおや、威勢が良かったのは最初だけですか？」

そして、またフェンリルがこちらに飛びかかってきて——被弾。

爪が、牙が、次々に俺の四肢を切り刻んでいく。

「キャアアアアアッ！　逃げ……逃げてエフタルッ！　逃げなさいっ！　逃げてええええええっ！」

マリアの悲鳴を受けながら、俺は瞬く間に血達磨《ちだるま》の姿になっていく。

最初に右目をやられたのが不味《まず》かったかな。そこから、遠近感が上手《うま》くつかめず、まともに攻撃を貰《もら》いすぎてしまった。

怪我《けが》の具合は……。

大きい傷は、最初の右目と左手をまるごともっていかれた欠損。

腹を大きく切り裂かれて……中身が出てやがる。

それ以外にも総数で十以上は攻撃を食らったが、そのどれもが浅くはなく、噴水のように血液が噴き出している。

で、急速に失われる血液で頭は既にクラクラだ。

しかし、幻覚や洗脳系の魔法は偉大だな。ここまで派手にやられているのに、脳神経を麻痺《まひ》させているから痛みはゼロだ。

「クハッ……ウハハハハッ！　四人がかりで互角だったというのに、まさか一人で舞い戻るとは……愚かに過ぎますっ！　馬鹿ですか？　ひょっとしてお馬鹿さんなのですかっ⁉」

と、そこで俺は「ククク」とその場で笑い始めた。

「おい、犬？　テメエはさっき……俺のことを高ランク冒険者だと言ったか？」

「はい。それが何か？」

「俺がテメエに出会ったのは三十代前半の若造の頃だ。一番大事なそこから先の話が抜けているぞ？」

「……何を言っているのです？」

「俺はギルド所属じゃねえ。あの時のSランク冒険者は長じて更なる魔導を極めたんだ。俺は四皇のエフタル──雷神皇《カミナリサマ》だよっ！」

俺の言葉を受け、しばし何かを考えてフェンリルは再度笑い始めた。

「ならば、開幕早々に不意打ちでレベル10の魔法を私に放つべきでしたね。そうすれば勝機もあったでしょうが、既に貴方は虫の息……ここから先の逆転はありえませんよ」

「ところがどっこいそうでもねーんだよな。レベル10：完全回復《パーフェクトヒール》」

俺の傷口の肉がうごめき、そのまま瞬時に動画の逆再生のように傷が癒えていく。

欠損した左腕に至っては、モコモコと肉がめくれあがって新しく生えてくるような有様だ。

で、数秒もしないうちに、これで俺の怪我は完全回復となった。

「回復魔法……？　完全回復《パーフェクトヒール》……？」

フェンリルは大口をあんぐりと開いて、そうして、何度も何度も俺の傷口を確認して、更に大口をあんぐりと、アゴが外れんばかりに開いて——


「……え？」


フェンリルがフリーズしているところで、俺は大きく頷いた。

「恥ずかしながら、俺は超高レベル魔法に適性がなくてな。最高難度魔法の術式構成が遅かったんだ。他の三皇に対抗するためにそりゃあ色々やったさ。ま、火、土、水、風……そのどれにも属さない回復魔法を磨きに磨いたって訳だ」

「あれだけの傷がまるでなかったかのように……ですって？　馬鹿な……っ！　ありえませんっ！　そんなことはありえませんっ！」

「いやありえる。それが故に、俺は四皇まで登りつめたって訳だからな。これ位はできないと雷神皇の名が泣くってなもんだ」

「認めません、私はそのようなことは……断じて認めませんっ！」

そうして、再度フェンリルは俺に飛びかかってきて、再び左腕が食いちぎられた。

「レベル10：完全回復《パーフェクトヒール》」

先ほどのリピート。

再度、俺の傷口の肉がうごめき、そのまま瞬時に動画の逆再生のように傷が癒えていく。

否《いや》、腕が生えてくる。

「馬鹿なっ！　馬鹿なっ！　馬鹿な馬鹿な馬鹿なっ！」

そうして俺は生えてきた左手で、フェンリルに向けて再度のファックサインを作った。

「これが四皇の力だ。犬の脳味噌《のうみそ》でもそろそろ理解できんだろ？」

元々、この戦い方は師匠であるサーシャを参考にしたものなんだがな。

師匠のサーシャはアンデッドの超回復で、今の俺と似たようなことができる。

で、俺は回復魔法でそれを再現したって訳だ。まあ、当時から俺の戦い方は邪道の反則だって言われてたけどな。

「悪いが、ただの物理攻撃では俺は殺《と》れねえよ」

俺を殺すなら、大規模魔法で一瞬で肉体の全てを消滅させる。

あるいは――回復魔法というものは肉体の設計図である魂にしたがって、そこにあるべき姿を復元させるという理屈の魔法だ。

つまりは、魂そのものを変容……いや、魂ごと傷つけるような特殊な攻撃が必須となる。

そして、このワンっころは物理攻撃特化タイプの脳筋だ。

必然的に、理論上、俺にいかなる形でも有効打を与えることはできない。

「さあ、遊んでくれよ、犬神様」

俺が一歩進めば、フェンリルが一歩下がる。

そうしてそこで、フェンリルは……明らかに瞳に恐怖の色を混ぜた。まあ、そりゃそうだろう。

逆の立場なら、こんなの俺でも怖い。

「おいおい、ビビッちまったのか？　ノリが悪いな？」

再度、俺が一歩進めば、フェンリルが一歩……下がらない。

「舐《な》めるな、人間が……っ！　森の絶対支配者、神である私を……舐めるなああっ！」

「そうこなくっちゃ。こっちも今まで攻撃魔法を使わなかったのには理由があるんだからな」

「理由……？」

「俺は魔法剣士を目指していてな。で、テメエはめちゃくちゃ速えから都合が良かったんだ」

まさかとばかりにフェンリルは大きく目を見開いた。

「貴方、何が言いたいのです？」

「思ったんだよ。テメエで練習すれば……俺の剣の腕が磨かれるんじゃないかってな」

「この……っ！　人間があああああああああっ！」

「はは、こいつはいい魔法剣の練習になりそうだ」

怒りに目を真っ赤に染めて、フェンリルは俺に向けて躍りかかってきた。

が、動きが雑だな。

目が慣れてきたのもあるが、怒りに身を任せているせいで直線的で読みやすい。

フェンリルの爪を避けると同時に——

「レベル６：獄炎剣《エビルファイアーソード》」

刀で横っ腹に一撃くれてやった。肉と血が焦げた香りが周囲に漂っていく。

「美味《うま》そうな香りだな。今夜は鍋にしようか。はたして神の犬ってのはどんな味がするんだろうな？」

「グガアアアッ！」

気合の咆哮《ほうこう》と共に、フェンリルの爪が繰り出されて俺の体を切り刻む。

飛び散る鮮血、吹き飛ぶ右手。

「レベル10：完全回復《パーフェクトヒール》」

――そして肉がうごめき、瞬時に俺の欠損部位が回復される。

「ガアアアアーッ！」

今度は牙。

飛び散る鮮血、溢《あふ》れ出る内臓。

「レベル10：完全回復《パーフェクトヒール》」

そして肉がうごめき、瞬時に俺の内臓が腹の中へと戻っていく。

「何だ、何だ、何なのだ貴様はああああああああああっ！」

「口調が乱暴になっているが大丈夫か？　心が乱れれば隙が生まれるなんて……ギルドのヒヨッコでも知ってることだがな」

半ばやけくそ気味に、フェンリルは俺に頭からかぶりついてきた。

あっ！　と思った時にはもう遅い。そして、俺はフェンリルの口内に完全に捕らえられ、口内でグチャグチャと咀嚼《そしゃく》が始まる。

「は、ははっ！　ははっ！　嚙《か》み砕《くだ》いて消化されてしまえばさすがに復活はできないっ！」

無茶苦茶《むちゃくちゃ》に咀嚼され、血まみれになって飲み込まれる。

ってか、いいのか？　俺を飲み込んじまって？　そしてフェンリルはゴクリと俺を飲み込んで――

「レベル10：完全回復《パーフェクトヒール》」

——そして肉がうごめき、瞬時にバラバラになった俺が、一つの肉体としてフェンリルの胃の中で再生される。

そのまま俺は、一緒に飲み込まれていた得物を、胃の中で握る。

「レベル6：劣化雷神剣《レッサーエフタルソード》っ！」

電気を胃壁に通すと同時に、フェンリルがビクンと仰け反《の ぞ》ったのが分かった。

それには構わずに俺は内部から胃を切り裂き、フェンリルの腹を裂いて外へと這《は》い出る。

ベチャリと顔についた粘液を手で払い、バックステップでフェンリルから距離をとる。

「さあ、もっと遊ぼうぜ？」

言葉を聞き、俺の笑みを見たフェンリルの動きが一瞬止まった。そしてその時——

——ポキンと、フェンリルの心が折れた音が確かに聞こえた。

おいおい、まさかここで終わりなのか？　練習にならないからそれは困るぞ。

「グボッファ……バ、バ……バケモ……ノ……ッ！」

血を吐きながら、フェンリルは涙目になり、体を震わせてそう呟《つぶや》いた。

だが、俺は知っている。フェンリルもまた神を名乗る存在だ。

自動回復能力は人間の比ではなく、証拠に腹の傷も少しずつ塞がり、出血も見る間に少なくなっていく。

「さあ、お前の限界までとことんまで刻んでやるからなっ！　遊びはこれからが本番だっ！」

地面を蹴って、一気にフェンリルまで距離を詰める。

そうしてフェンリルの足元で俺は飛び上がり、下方からの切り上げで一閃《いっせん》。

切断されたフェンリルの首が落ち、続けて頭部を失ったフェンリルの胴体も、横から殴られたかのように倒れた。

ドシ――――ン。

響き渡る、肺まで震わす重低音の中で、俺はフェンリルの首に向けて言葉を投げる。

「さあ、切られた首を再生させろっ！　俺の肉の体だけでなく、魂までを食らって滅してみせろ！　森の神っ！」

だが、言葉は返ってこない。フェンリルは、動かない。

「ん……？」

そうして俺は、まさかと思って警戒しながらもフェンリルの頭部に近づいていく。

恐る恐るといった感じでフェンリルの生体シグナルを確認していき、そうして俺は一つの結論をつけた。

つまりは――

「何だよ。もう死んでやがるじゃねーか……」

これじゃあ本当にロクに剣の練習にならなかったじゃねえか……と、俺はため息をついたのだった。

エピローグ

あれから――。

僕達は合宿所を引き払って魔法学院に戻ったんだけど、魔法学院の寮にマリアは戻らなかった。

マーリンに確認したところ、魔法学院に学籍は置いてあって退学関係の書類の提出の事実はないらしい。

恐らくは僕達に悪態をついて出て行った手前、どの顔を下げて戻ればいいか分からないってことなんだろうけど……。

本当に面倒くさいね。行く場所なんてどこにもないはずなのに……。

あ、ちなみにマリアと共にフェンリルのところに赴いたエルフ達は、マーリンによる応急処置の回復魔法と僕の完全回復魔法で一命をとりとめている。

あそこで死んでしまっていたら後味が悪すぎたのでそこは一安心だね。

と、それはさておき、僕は休日にアナスタシアと手分けして、マリアを探して街を歩き回っていたんだよね。

昼下がりに屋台でサンドイッチと飲み物を買って、中央広場の噴水のベンチで休もうとしたら——そこにマリアがいた。

僕は屋台に戻り、もう一セットサンドイッチと飲み物を購入する。そして、僕はマリアの隣に座って、飲み物と食べ物を差し出した。

僕を視認したマリアは一瞬ビクッとなって、すぐに立ち上がって逃げそうになった。けど、彼女はそこで立ち止まり、ため息をついてから諦めたようにベンチに座り直した。

「ねえ、そこのエルフさん？　翡翠《ヒスイ》大勲章って知ってるかな？」

「……知らない訳《け》ないでしょ」

「学生にして稀有《う》なる功績を上げた者……年間で数人にしか与えられない栄誉ある勲章ってことらしいね。ところでさ、君は緋緋色金《ヒヒイロカネ》大勲章って知ってる？」

「学生どころか魔術大学院……いや、魔術学会の若手のエースに贈られる大勲章じゃない」

「うん、昔々の大昔に僕が取ったことのある勲章だね」

「まあアンタならそうなんでしょうね」

そうして僕はベンチから立ち上がり、マリアの眼前に仁王立ちをきめた。

「さあ、一緒に行こう。僕が君が連れて行ってあげるから」

「一緒に行こうって？」

「僕は君にここまで付き合ったんだよ？　もう他人じゃない。それに僕は半端が嫌いでね。だから、君を連れて行ってあげるよ。若き魔術師としての最高峰の栄誉……緋緋色金《ヒヒイロカネ》の領域へね」

　そうしてマリアは呆《あき》れたような表情をしてから吹き出してしまった。

「まったく……大きく出たものね」

「見返すんだよね？　エルフの里のみんなを……さ」

　僕は右手をマリアに差し出し、マリアは僕の右手をギュッと握り返してきた。

「……うん。そうだね。ふふ、しかしまさかアンタが雷神皇のご本人様だったなんてね。本当に……なんて出来の悪い話なのかしらね」

「しかし、君は僕を僕と知っても言葉遣いは変わらないんだね」

「生憎《あいにく》と、そういう性分だかんね。まあ、さすがに相手が相手だから……アンタが不快なら敬語を使うわよ？」

「いや、そうじゃない。君はそれでいい。変に態度を変えられても気持ち悪いしね。それにそもそも僕は嫌いじゃないんだ」

「ん？　どういうこと」

「跳ねっ返りは嫌いじゃないんだよ。四百年前に死んだ……僕の妻に良く似ている。だから、君のそういうところは嫌いじゃない。いや、むしろ好きかな」

そこでマリアは顔を真っ赤に染めて、そうして──

「す、好きって……ば、ば、バッカじゃないのっ⁉」

ははは、とやはり僕は笑ってしまった。

うん、こういうところまでやっぱり良く似てる。僕はこの子が嫌いじゃない。

「それに顔も似てるんだよね。あと数年もすれば僕の好みになりそうで、ちょっと怖い位にね」

僕の言葉でマリアは「ボンッ」という効果音が似合いそうなほどに、爆発させたかのように顔を更に真っ赤にした。

「あ、あ、アンタってホントバカッ！」

ははは、本当に分かりやすい子だね。

「彼女もドミエの氏族出身のエルフでね。当時の未熟な僕がフェンリルに挑んだのも……そういう理由だ」

「雷神皇様が神獣と引き分けてから、百年以上はフェンリルの被害はなかったっていう話は？　まあ、それでアンタは英雄とされているんだけどさ」

「不戦協定の取り決めに無理やりに条件をねじ込んだんだ。中途半端になってしまってすまないね」

「でも、アンタの死後も、アンタはしばらく私達を守ってくれたってことだよね？　そして……今も力を手に入れたらすぐに助けてくれた。どの道十年前の氏族の全滅の時にはアンタもただの子供でどうにもならなかったんでしょ？」

「……ああ、そうなるね」

と、そこでマリアは大きく頷《うなず》いた。

「これまでの話はこれで終わり。大事なのはこれからのことよ」

「ああ、そのとおりだ」

「アンタね？　一度吐いた言葉は取り消せないわよ？」

「と、言うと？」

「必ず私を連れて行きなさいよ？　緋緋色金《ヒヒイロカネ》の領域へっ！」

まあ、マリアはやっぱり放っておく訳にはいかないよね。

と、なると彼女の氏族の名誉の回復のためにも、本当にそれ位の功績を持った上であの森のエルフ達のところに凱旋《がいせん》させなくちゃいけない。

「うん、必ずだ。それはもう雷神皇の名にかけてね」

「本当に信じるわよ？　期待するわよ？　なんせそれは……この世で最高の担保保証ってことだからねっ！」

そうして俺達は、強く握りしめた拳と拳をコツリと合わせたのだった。

あとがき

毎回、あとがきを書くときに困っています。白石です。

初めて書いた時は凄《すご》く嬉《うれ》しかったのですが……色々とあとがきを書いているとネタがなくなります。

これ、超長期シリーズを書いている大先輩方はそこだけで凄いなと尊敬しますね。

と、まあ今回も主人公最強でした。

どんどんエスカレートしていく我らがエフタル君でしたが、どうでしょうか？

これ以上やると主人公としてもう駄目だとなるので、ギリギリのところを攻めてみました。

話変わりまして、今回、男の娘ロリババアやらツンデレちゃんやらが出てきましたね。

しかし、男の娘ってどうなんでしょうね。

一時期やたら見かけた記憶があるのですが、最近はあんまり……。

そういえばツンデレも一時期、猫も杓子《しゃくし》もツンデレでしたが、最近はめっきり……。

うーむ。

時代の流れを感じますね。両方共、私は好きなので頑張って欲しいです。

こういうキャラが好きな人は是非ともコミックも買ってあげて、シリーズとして応援してあげてください。


と、まあそういうわけで宣伝です。

スクウェア・エニックス様から、コミカライズ版の落第賢者の学院無双の1巻が、文庫2巻と同時発売になっています。

本当にビックリするくらいに画（特にモノクロ画が本当に凄いです）が上手《うま》いので、是非とも見てください。

原作者としては嬉しいを通り越して、軽く引くレベルです。いや、本当に凄いです。


最後に謝辞です。

担当編集様！　今回は前回以上の鬼改稿でした！　絶対良くなったのと勉強になりました！　ありがとうございます！

魚《うお》デニム先生！　女の子が相変わらず可愛《かわい》いです！　今回の表紙はセクシー度もＵＰです！　ありがとうございました！

漫画版担当のけんたろう先生！　コミカライズ作画でここまで画が上手い方、本当にいないと思います！　エフタルよりも最強です！

最後にお買い上げいただいた皆様、ありがとうございました！

白石《しらいし》　新《あらた》

落第賢者《らくだいけんじゃ》の学院無双《がくいんむそう》2
～二度転生《にどてんせい》した最強賢者《さいきょうけんじゃ》、400年後《ねんご》の世界《せかい》を魔剣《まけん》で無双《むそう》～

著　白石《しらいし》 新《あらた》

角川スニーカー文庫　22019

2020年2月1日　初版発行

発行者　三坂泰二

発　行　株式会社KADOKAWA
〒102-8177 東京都千代田区富士見2-13-3
電話　0570-002-301（ナビダイヤル）

印刷所　旭印刷株式会社
製本所　株式会社ビルディング・ブックセンター

●お問い合わせ
https://www.kadokawa.co.jp/（「お問い合わせ」へお進みください）
※内容によっては、お答えできない場合があります。
※サポートは日本国内のみとさせていただきます。
※Japanese text only

Printed in Japan　ISBN 978-4-04-108625-4　C0193

★ご意見、ご感想をお送りください★
〒102-8078 東京都千代田区富士見 1-8-19
株式会社KADOKAWA　角川スニーカー文庫編集部気付
「白石 新」先生
「魚デニム」先生

角川文庫発刊に際して

角 川 源 義

第二次世界大戦の敗北は、軍事力の敗北であった以上に、私たちの若い文化力の敗退であった。私たちの文化が戦争に対して如何に無力であり、単なるあだ花に過ぎなかったかを、私たちは身を以て体験し痛感した。西洋近代文化の摂取にとって、明治以後八十年の歳月は決して短かすぎたとは言えない。にもかかわらず、近代文化の伝統を確立し、自由な批判と柔軟な良識に富む文化層として自らを形成することに私たちは失敗して来た。そしてこれは、各層への文化の普及滲透を任務とする出版人の責任でもあった。

一九四五年以来、私たちは再び振出しに戻り、第一歩から踏み出すことを余儀なくされた。これは大きな不幸ではあるが、反面、これまでの混沌・未熟・歪曲の中にあった我が国の文化に秩序と確たる基礎を齎らすためには絶好の機会でもある。角川書店は、このような祖国の文化的危機にあたり、微力をも顧みず再建の礎石たるべき抱負と決意とをもって出発したが、ここに創立以来の念願を果すべく角川文庫を発刊する。これまで刊行されたあらゆる全集叢書文庫類の長所と短所とを検討し、古今東西の不朽の典籍を、良心的編集のもとに、廉価に、そして書架にふさわしい美本として、多くのひとびとに提供しようとする。しかし私たちは徒らに百科全書的な知識のジレッタントを作ることを目的とせず、あくまで祖国の文化に秩序と再建への道を示し、この文庫を角川書店の栄ある事業として、今後永久に継続発展せしめ、学芸と教養との殿堂として大成せんことを期したい。多くの読書子の愛情ある忠言と支持とによって、この希望と抱負とを完遂せしめられんことを願う。

一九四九年五月三日